RAMÓN CARIDE
TIEMPOS DE FUGA

MAR ABIERTO
narrativa contemporánea

DERECHOS RESERVADOS
© 2003, Ramón Caride
© 2008, Editorial Almadía S. C.
    Calle 5 de Mayo, 16 - A
    Santa María Ixcotel
    Santa Lucía del Camino
    C. P. 68100, Oaxaca de Juárez, Oaxaca
    Oficinas en: Avenida Independencia 1001
    Col. Centro, C. P. 68000
    Oaxaca de Juárez, Oaxaca.

© 2008, Xoán Fuentes Castro por la traducción

www.almadia.com.mx

Título original: *O sangue dos camiños*

Primera edición: octubre de 2008
ISBN: 978-607-411-006-7

Quedan rigurosamente prohibidas, sin la autorización de los titulares del copyright, bajo las sanciones establecidas por las leyes, la reproducción total o parcial de esta obra por cualquier medio o procedimiento.

Impreso y hecho en México

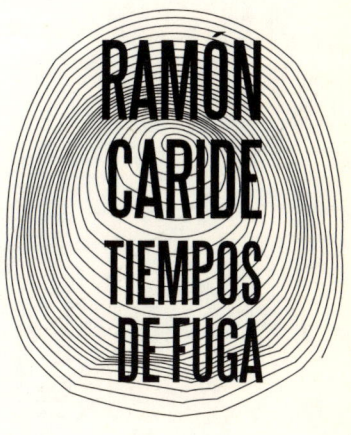

RAMÓN CARIDE
TIEMPOS DE FUGA

Traducción de Xoán Fuentes Castro

Almadía

Esta obra, en su versión original gallega, fue elegida en 2003 como ganadora del Premio Risco de Literatura Fantástica, organizado por el Excmo. Concello de Ourense, por un jurado formado por D. Anxo Tarrío, D. Darío Villanueva, D. Arturo Lezcano, D. Lois Martínez Pereiro y D. Armando Requeixo.

Todos, en cuanto tenemos una pequeña oportunidad y dinero, viajamos, o mejor dicho, huimos, pues lo importante no es tanto viajar como partir. ¿Quién de nosotros no tiene alguna pena que olvidar o algún yugo que sacudir? Nadie. Si alguien es dichoso —es preciso ser muy grande o muy cobarde para serlo hoy en día— aún se imagina que viajando añade algo a su felicidad.

GEORGE SAND

Alguien me dijo –ya no recuerdo quién fue– que no deja de ser sorprendente el hecho de que, cuando uno se despierta por la mañana, al menos por lo general, lo encuentra todo intacto, en el mismo sitio en que estaba la noche anterior. Al dormir y al soñar nos hemos sumergido, cuando menos en apariencia, en un estado esencialmente distinto al de la vigilia y, como aquel hombre sostenía con mucha razón, hay que tener una presencia de espíritu infinita, o mejor dicho, de capacidad de contraataque para captar, en el instante de abrir los ojos, todas las cosas en el mismo lugar donde las dejamos por la noche.

Franz Kafka

He de ir a Khorsabaad, a dormir en el hemisferio de la palabra y de la luna, cuando el puente, en fría niebla, permita entrar en la casa de los muertos, en la patria de los muertos, mientras, perpetuando los ritos del trigo, vengan los sembradores y abran la piedra en las puertas de Khorsabaad.

Xosé Lois García

I

Imagino que, en el fondo, siempre supe que acabaría por contar mi historia, después del tiempo gastado en contar tantas otras, más o menos ajenas. A fin de cuentas, nadie puede huir de su destino, ni siquiera de su pasado. En la soledad definitiva no caben ya los engaños. Tampoco con uno mismo. Uno sólo puede, a lo sumo, aplazar el inevitable encuentro consigo mismo, el cierre definitivo de su ciclo, como quien retrasa el encararse de frente con el espejo que refleje, en la vejez, la cruda realidad de su apariencia. Yo, por mi parte, no voy a diferirlo más. Éste va a ser, en consecuencia, el último retrato, la cruda imagen reflejada por el azogue, la confrontación definitiva con la memoria.

Leí en alguna parte que a los veinte años cualquier hombre tiene el rostro que la naturaleza le regaló, pero a los sesenta su cara no es otra cosa sino el resultado de su experiencia, el producto particular de sus aciertos y errores. Quién sabe. Hoy en día es difícil saber algo con certeza. No tengo todavía sesenta años; estoy lejos aún, pero lo he estado más. Sin embargo, a veces, cuando me contemplo en el espejo, siento, por un instante, que he vivido siglos y que todo cuanto viví pesa sobre mis espaldas. Mis cabellos encanecieron por completo, mi piel tiene casi la blancura de las sábanas que en otro tiempo compartí con Xana. Sin ella todo ha perdido interés. Pero no quiero hablar por hablar –nunca he sido de ésos–, escribo intentando engañar al tiempo y a esta ausencia.

Vivo solo desde que Xana se fue. Si he de ser sincero, el mundo exterior no me interesa gran cosa. Por lo demás, ¿para qué decir la verdad? Supongo que por variar, no por confianza en ser creído. Los que lean esto lo harán seguramente como ficción. Algunos por comodidad, por hábito la mayoría. Lo mismo da. La verdad es hoy un producto devaluado, un artículo de rebajas en el hipermercado de la comunicación. La verdad se vende mal, pasó de moda hace muchos años. ¿A quién, en definitiva, le importa la verdad?

Piensen, pues, lo que gusten, nunca es lo que uno espera. Tal es el destino, en esencia, del que fabrica relatos: hallará el mundo en ellos autobiografía en donde sólo hay artificio, pero no advertirá más que ficción en el verídico recuento final que precede a las despedidas. Éste que ahora inicio.

Sé que, después de acabado, no volveré a escribir. Tendría poco sentido. Igual que el peregrino inconsecuente que, tras sortear las repetidas peripecias de un azaroso viaje, accede a las cercanías de lo sagrado y desgrana los días en torno al templo, incapaz de reunir el coraje suficiente para traspasar los muros que lo alejan aún de la reliquia, la finalidad última de todo su camino, así gasté yo mis años –hasta este día en que haré mis revelaciones más hondas– inventando historias que no eran más que disfraces, máscaras que escondían, detrás de cada efímera y cambiante apariencia, la sustancia de mi propia historia. También es cierto que inventar cuentos fue mi medio de vida durante estos años. Pero todo esto es secundario. Incluso yo soy secundario. Lo esencial es Xana, y Xana no está. Por lo tanto, yo estoy apenas; aunque para ustedes sea real, no lo soy para mí mismo. No existo en este instante sino como voz que narra una historia. Historia en la que les será imposible creer, aunque lo hagan en mí como fabulador.

Yo, por mi parte, ya no creo en nada. Apenas sé que debo contar lo que viví, con la misma inexorabilidad con que la noche seguirá a este día y nuevas noches a los sucesivos días que amanezcan. Pero yo ya no estaré en esas noches; apenas, tal vez, sobrevivirá mi historia; nadie puede garantizarlo.

Ars longa, vita brevis. También yo compartí, quizás en otro tiempo, la sentencia de los clásicos; algún día fui joven, sépanlo. Pero ya no me desvela el Arte, apenas el desahogo, algún tipo de confesión final de la que no alcanzo a divisar el objetivo. Sé que la persistencia del Arte es poco más duradera que la de las vidas que lo encarnan. Sin embargo, aún me siento con ánimos de intentar luchar contra el silencio.

Para alguien como yo, que ganó el sustento con invenciones y, a veces, abusó de todos los registros mezclando, quizá más de la cuenta, los colores de la paleta en sus figuraciones narrativas, no es fácil hallar el tono que diferencie lo imaginado de lo vivido; ese leve matiz, ese imperceptible pero esencial cambio de perspectiva que marque el realismo en las arenas movedizas de las palabras. Como el pastor de la fábula, cuando finalmente llega la fiera, he gastado la voz y el crédito en falsas alarmas. Pero contaré, porque estoy solo y, no obstante, he tenido compañera. Contaré, porque contar es entablar una desigual batalla, perdida de antemano, contra el río del olvido que nos arrastra sin remisión hacia las cataratas del no ser. Contaré, porque contar es la figuración de hablar con el espejo, aun cuando la finalidad última de todos los cuentos sea el fuego, la polilla, la oxidación o el olvido. Contaré, porque soy –*fui*, para ser más preciso– hombre antes de ser sólo voz, y porque amé y sufrí y perdí mi particular guerra contra el tiempo, y porque nadie, excepto yo, será capaz de escribir mi historia. Contaré, porque Xana ya no está, y sé que a ella le agradaría. Porque ella ya sólo vive conmigo en la memoria. De todas las razones, sólo la lacerante evidencia de esta última se me hace motivación verdadera en el recuento. Mas supongo que para ustedes serán accesorios los motivos, puesto que leerán como mera ficción mi relato.

Empecemos, pues, sin mayor demora. Ya saben que mi nombre es Darío Gancedo y que soy escritor. Sin ser un prodigio de fama o de éxito, he vendido bien alguna de mis fabulaciones para la industria audiovisual, cosa que me permitió desde hace años, casi tantos como los que separan mi presente soledad final de los ya lejanos comienzos de esta historia, mantener mi independencia económica y mi privacidad. Tengo fama de ser persona de trato poco accesible. No doy entrevistas ni colaboro con periódicos. Tampoco notifico a nadie, excepción hecha de mis representantes legales, mi dirección. Mi fotografía no ha sido hasta el momento divulgada. Con mi escasa familia me veo muy raramente, y nunca donde habito. Vivo en una gran ciudad —sólo las ciudades grandes garantizan el anonimato— que no es la mía, si es que las ciudades son de alguien. Tampoco es la ciudad en la que transcurrió la historia que voy a contar. En aquellos días, cuando todo concluyó, por lo menos en apariencia, Xana y yo nos escabullimos de ella para no volver, sabedores de que jamás podríamos andar sus calles sin estremecernos, sin que un escalofrío de miedo nos devolviera al terror y a la infamia de aquellos días, al pánico de aquellas noches.

Yo era joven entonces, y aún ahora no soy viejo. Y cuando afirmo esto, mis documentos no me dejarían en mal lugar. No pasaron tantos años, pero sucedió aquello, y pasó demasiado. Sin embargo, aquel verano que comenzaba aparentaba ser un verano como cualquier otro. Yo estudiaba entonces en la universidad, y para poder ayudarme con los estudios, hacía diversos trabajos ocasionales durante mis vacaciones, casi todos relacionados con cuestiones burocráticas. En esos días, colaboraba con una gestoría en la informatización de su archivo. Tenía veinte y pocos años y sólo era un estudiante regular. Mis padres por esas fechas estaban en la playa, y también mi única hermana, casada ya y con hijos, con la que yo nunca había tenido demasiada confianza debido a nuestra diferencia de edad. Estaba solo. O, por lo menos, así lo creía yo en mi ingenuidad de entonces. El tiempo es siempre el supremo maestro que nos desengaña en nuestras presunciones.

Si vuelvo la vista, como ahora, compruebo que no sabía nada en aquel mes de julio, en apariencia idéntico a los meses de julio anteriores. Sin embargo, aquel julio iba a marcar un antes y un después en mi vida. Iba a ser una frontera, un camino sin retorno. Antes de ese julio, no conocía la vida, ni la soledad, ni el miedo, ni el amor metido bajo la piel como un veneno aunque antes, en varias ocasiones, hubiera supuesto estar enamorado. Antes de ese julio, no podía imaginar este amargor que dejan las despedidas o la ausencia de ellas. Antes de ese julio, fui inocente; ahora no me es posible desandar mis pasos.

El sol hacía arder las calles de la ciudad y derretía el asfalto bajo mis pies. Era un verano caluroso como pocos. Si cierro ahora mis ojos, si aprieto con fuerza mis párpados, me parece poder sentir aún, a pesar de los años transcurridos, el sol de aquella tarde en mi cara, como una llamarada. Me veo apurando el paso por las aceras casi desiertas de la ciudad semiabandonada, la mayoría de sus habitantes había huido a las playas o a las aldeas. Eran las seis y diez minutos, estoy seguro. Puedo precisarlo porque, un instante antes, había visto un gran reloj con esa hora en el portal de una joyería. Estaba cansado y aburrido. Había perdido mucho tiempo, desde las once de la mañana, en busca de unos ficheros extraviados en las honduras de la memoria computarizada de aquella gestoría. Por fin, tarde y a rastras, había dado con la información, pero apenas había tenido tiempo de comer. También sabía que mi contrato de tiempo parcial no cubriría las horas extras y que, por lo tanto, tampoco las cobraría. No me sentía en el mejor de los mundos posibles. Iba hacia mi casa con la intención de darme una ducha y sacudirme de encima la cubierta de sudor que me envolvía, para luego tenderme en el sofá sin pensar en nada, cuando, inesperadamente, todo comenzó.

Dos detalles se me grabaron en la memoria con absoluta nitidez en los prolegómenos inmediatos del primer episodio. Una escena cuando entraba en la calle peatonal: la de una mujer vieja que, tras las rejas de una vivienda situada a ras de tierra, en el piso bajo de un edificio, tejía, cubierta a medias por unos visillos blancos; la mujer vestía de luto y tenía los ojos fijos en su labor, sin levantarlos para nada del trabajo, concentrada en él como si no hubiera otra cosa en el mundo. Tenía los dedos tan flacos y afilados como las agujas, y el pelo gris recogido en un moño. Pasé a su lado, pero en ningún momento advertí que la mujer hubiera notado mi presencia. El segundo detalle es un moscardón, preso en una tela de araña en el ángulo de una ventana de marco verde, debatiéndose inútilmente contra la fatalidad. El porqué de estas dos imágenes asociadas no me es posible desentrañarlo. Si trato de hallar una razón que las justifique, es fácil advertir que son símbolos de la maraña en la que estaba a punto de caer, en el enredo en el que me iba a debatir los días venideros buscando a tientas cualquier salida, como la presa en la tela de araña o la aguja en la confusión de los hilos. Pero las cosas nunca son tan sencillas de explicar como eso. Lo único cierto, aparte de la persistencia de estas imágenes, era el calor, la hora, las calles casi desiertas, el trayecto cotidiano de la gestoría a la casa de mis padres, los ruidos vulgares de la ciudad.

Llevaba un rato caminando a buen paso por aquella calle peatonal en la que las sombras estaban ausentes. Ignoro cuál fue el sexto sentido que me hizo saltar repentinamente al refugio de un portal elevado sobre el nivel de la calle, incluso antes de escuchar el ruido aterrador del automóvil que transitaba a toda velocidad por la calzada casi desierta y cerrada al tráfico. Era un auto compacto de color rojo. En ese instante, no percibí más detalles. El auto arañó la piedra en la que yo estaba subido, dejando en su borde una línea de pintura. Mi estupor aún no me había permitido ver que acababa de zafarme de la muerte por los pelos; aún no había recobrado el aliento para descender. Quizá fue esto lo que me salvó, porque, unos segundos más tarde, otro automóvil pasó tan pegado a mí como el primero. Éste era mucho mayor, aunque no pude precisar el modelo. Sólo que era oscuro y que corría detrás del rojo, como si los dos estuvieran obsesionados en una persecución suicida.

Oí el ruido inconfundible de un impacto. Al final de la calle, el primero, el rojo, acababa de detenerse tras golpear con la defensa uno de los pivotes metálicos que impedían el estacionamiento. El auto grande lo atrancó por detrás, dejándolo inmovilizado. Dos hombres de traje oscuro, corbata y gafas de sol, altos y con el cabello corto, descendieron del segundo coche. El conductor debió continuar al volante, pues su puerta no se abrió. Uno de los hombres, más rápido que los otros, impidió que el conductor del vehículo rojo lograra abrir del todo la puerta. La única imagen que capté de él es la de un brazo desnudo, no sabría precisar si de hombre o de mujer, que desapareció instantáneamente, en cuanto el primer hombre cerró la puerta. El otro hombre accedió al coche rojo por la puerta delantera derecha, cuando ya el segundo coche, el negro, daba marcha atrás. Yo, aún paralizado por el asombro, ahogándome, con el corazón latiendo descontrolado y el miedo en el cuerpo, era incapaz de reaccionar, no podía moverme. Todo había sucedido con demasiada brevedad, en menos tiempo de lo que se tarda en contarlo.

Cuando eché el pie fuera de la piedra que me había protegido, ya el primer auto, el rojo, maniobraba también para emprender la huida. El vehículo oscuro había reanudado su marcha.

Toda la secuencia de los hechos, desde la entrada de los automóviles en la calle peatonal, casi atropellándome, hasta su desaparición, no duraría más que un par de minutos. Los coches se perdieron calle abajo, mientras algunas cabezas, arrancadas al sopor y al aburrimiento de la tarde estival por el ruido de la persecución y los golpes de las carrocerías, comenzaban a asomar, tímidas, a la calle. La casualidad, o mi destino —quizá los dos a la vez—, quisieron que yo fuese el único testigo directo del suceso. En el lugar del choque, al final de la vía peatonal, al contrario que en su otro extremo, no había tiendas y el intenso calor había mantenido a la gente alejada del exterior. Los que ahora oteaban calle abajo sólo veían dos coches que desaparecían a toda velocidad, antes de acertar a dar una explicación. Yo mismo, a no ser por el susto que aún me tenía aterrorizado y por la larga rozadura de pintura roja en aquella piedra, a unos milímetros de mis pies, no habría tardado mucho en convencerme de que todo había sido una simple visión, la figuración de un espejismo fugitivo producido por el calor y el tedio.

Las pocas cabezas que habían asomado a las ventanas, alertadas por los ruidos, desaparecían ya con la misma celeridad, una vez que los vehículos se perdieran de vista. Aún no repuesto del todo, bajé de mi precario refugio y reanudé la marcha, siguiendo mi camino. ¿Había, acaso, soñado aquella escena de persecución casi cinematográfica? No, no todo había sido figuración mía; allí estaban para acreditarlo las manchas negras de los neumáticos al frenar, cuatro cintas paralelas de caucho adheridas al pavimento.

Había una evidencia más: los trozos de vidrio de los faros del coche perseguido, y, cerca de ellos, nuevas manchas de pintura roja sobre el negro pivote metálico que ahora se tambaleaba, separado de su cimentación. Me acerqué. Un objeto niquelado brillaba entre los fragmentos. Me agaché a recogerlo. Era una llave. Una llavecita metálica ordinaria, aparentemente de un candado o algo similar, dentada por ambos filos. En la parte más ancha, de forma triangular, un capuchón de plástico blanco mostraba un número negro muy visible sobre cada una de sus caras: el dieciséis. ¿Tendría algo que ver la llave con el coche rojo y con su misterioso y fugitivo ocupante? Una oscura intuición me decía que sí, pues estaba justo en medio de los añicos de cristal procedentes del coche. Si por lo menos, cavilé, hubiera anotado alguna de las matrículas... Pero, a fin de cuentas, a mí qué más me daba, decidí, mientras metía la llave en mi bolsillo, sin saber muy bien por qué. En ese instante ignoraba que aquel sencillo acto de agacharme, apretar el llavín y llevarlo conmigo iba a cambiar para siempre mi vida.

¿De saber entonces cuántas cosas iba a traer consigo aquel acto, tan simple en apariencia, habría hecho lo mismo? Muchas veces me he planteado esta pregunta y las respuestas han variado en el tiempo tanto como yo mismo. En ocasiones, visto todo en la distancia, creo que únicamente la inconsciencia de los pocos años puede justificar la temeridad. Mas otras veces pienso que es la fatalidad la que va tendiendo trampas a nuestros pies, cepos o lazos en los que tarde o temprano tropezaremos para venir a dar con nuestros huesos a este lado de la vida, el de la sabiduría y el desengaño. ¿Quién puede saberlo? Si yo no hubiera recogido aquella llave de entre los fragmentos de cristal esparcidos por la calle, mi vida, sin duda, habría sido otra. ¿Mejor? ¿Peor? ¿Valdrá la pena torturarse haciendo cábalas? Pero uno no puede evitar volver la vista atrás, porque, en el fondo, no es sino el producto de su pasado, el resultado inevitable de las propias equivocaciones, la víctima casual de su propia audacia, el cronista del azar o el testigo del destino. Sólo cuando pienso que, de saber que si no hubiera tomado esa llave no habría conocido a Xana, tengo la seguridad de que mi decisión habría sido la que fue y no otra. Su imagen tiene para mí la bienhechora claridad de un puerto seguro, amarre providencial en medio de la loca ebullición del pensamiento. Xana vuelve a mí, con la claridad acariciante de un faro en medio de la niebla.

II

Jean-Paul enciende otro cigarrillo, no puede contenerse más, el cuerpo le pide nicotina. El letrero está bien visible, con la prohibición de fumar y la consabida sanción a los transgresores. Una enfermera cruza por el pasillo de la derecha; el hombre, instintivamente, oculta el cigarro. De inmediato, al darse cuenta de su infantil reacción, levanta la mano y absorbe el humo, desafiante. La enfermera, alta, rubia, decidida, lo capta todo en un instante: el desamparo del hombre, su ansia, la inútil provocación. Pero no se detiene para llamarle la atención. Sigue su camino, haciendo como que no ha visto nada. Demasiadas complicaciones tiene ella ya para un solo día, demasiados desvelos tiene el hombre sobre sí, demasiadas porfías tiene ya el mundo. Demasiado martes, demasiado hospital, demasiado tarde a las doce y treinta y siete de la mañana sin que nadie haya salido aún de la operación que comenzó a las diez.

Jean-Paul aplasta la colilla contra la tierra de una maceta. El fuego se extingue con un ruido húmedo que al hombre se le antoja agónico. Siente el peso inmenso de la soledad. Alguien debería estar aquí para hacerle compañía. Alguien que le ayudase a soportar la presión de lo inesperado cuando se abra esa puerta, la única de color verde en esa sala de espera que de repente parece inmensamente vacía e inmensamente desaprovechada, como un estadio sin atletas ni público, como un desierto sin oasis o una isla sin náufrago, desprovista de palabras o presencias humanas, excepto la suya, que al menos intenten llenarla. Cuando esa puerta —piensa Jean-Paul—, la única paradójicamente pintada de verde, la única forzosamente comunicada con el quirófano, se abra, entonces el cirujano, canoso, técnico, sereno, profesional, con un gesto que no se alterará lo más mínimo sea cual sea el resultado de la intervención, saldrá tal vez quitándose aún los guantes de fino látex, para comunicar al afligido padre que aguarda el resultado inapelable de su veredicto.

Inútil tratar de adelantarlo. Vendrá por su propio pie, como vino todo: los análisis, las endoscopias, las biopsias, todo ese universo tan terrible y familiar que hasta hace sólo unos cuantos años no existía. Inútil contar las baldosas del suelo, el número exacto y preciso de los pasos que se pueden dar a lo ancho y a lo largo del cuarto. Inútil dejar que la luz de los halógenos del techo taladre la retina de los ojos hasta que, al cerrarlos, una pequeña mancha verde ocupe su lugar en la perspectiva. Inútil hacer planes aunque sean sólo a corto plazo; o traer al pensamiento a Dominique, las discusiones, las recriminaciones mutuas, su brusca determinación que puso fin a la última conversación. *Tengo que trabajar. Esta vez tienes que ir tú solo, entiéndelo. Yo no puedo fallar otra vez, la cosa está jodida y en una de éstas me corren. No todos somos funcionarios como tú.*

Inútil incluso mirar el reloj que se empeña en no correr, las agujas incrustadas, clavadas en lo blanco de la esfera en la que los minutos no pasan, y donde sólo las horas rezuman su cosecha incesante de angustia. Inútil todo, y recurrente todo, a pesar de su inutilidad.

Inútil todo y, pese a todo, sin embargo, la puerta verde se abre y entra en la sala el médico, no más alterado que en cualquiera de las otras veces que fueron, que en cualquiera de las veces que seguirán, y se dirige a él. Jean-Paul, sin tabaco, sin fuerzas, colmado el macetero de colillas de cigarros, apurados, consumidos hasta el filtro. Jean-Paul, con las manos temblorosas en contraste con las del galeno, tan tranquilo, que las frota luego de quitarse los guantes; en aquel momento, acaba de entender que él es el náufrago y su vida el navío sin control, zarandeado a la deriva por corrientes y tempestades.

—Anette está bien. No se preocupe.

Como si esas palabras tantas veces oídas, gastadas por la pura fuerza de ser repetidas, pudieran conservar todavía algún significado. Jean-Paul quiere saber más. Indaga todos los detalles, el estado exacto de la pequeña, cuándo podrá verla, las razones de la tardanza en ser informado, el motivo de que una operación, inicialmente programada para una hora, tardase más de tres en concluir. El médico intenta calmarlo, sosegarlo, hacerle ver que la medicina no es nunca una ciencia exacta, que el retraso en las intervenciones es moneda corriente, que lo esencial resultó bien. *El conducto colédoco está ahora despejado.* El hombre respira, algo aliviado. Por más que eso no lo resuelva todo. Sólo una mínima parte del problema.

—¿Habrá que hacer otro transplante?

—Ya le he dicho que eso, por el momento, no podríamos saberlo. Habrá que esperar y ver cómo va respondiendo al tratamiento. Yo opino que debemos ser optimistas, siempre que no se produzca una nueva obstrucción.

El optimismo de la desesperación, recurrente. Nada nuevo, pues. *Por el momento*, Anette ha salido del paso. Provisoriamente, como todo en esta vida desde hace años...

—¿Cuándo podré verla?

—No se lo aconsejo por ahora. La pequeña está en reanimación. Aún no ha recobrado la conciencia, y usted está bastante excitado. Verla ahora no le va a hacer ningún bien. Es mejor que espere. Vaya al bar. Relájese. Vuelva pasada una hora. De haber alguna novedad, le avisaríamos por megafonía. Pero... es improbable. Si me lo permite, yo también voy a descansar.

El médico le tiende la mano a Jean-Paul. Éste se la estrecha sin mucha convicción. Sintiéndose aún casi sonámbulo, después de la interminable irrealidad de la espera, lleva sus pasos por el larguísimo corredor que dobla a la izquierda y desemboca, luego de atravesar el edificio en toda su longitud, en la cafetería. El local está que rebosa, las mesas completamente ocupadas. El hombre se abre paso con dificultad y se acomoda malamente junto al teléfono.

—Un café, por favor. Doble. ¡Bien cargado!

Dominique tarda en ponerse al auricular. El café no tiene trazas de venir. Jean-Paul maldice su suerte.

—¿Qué ha pasado, entonces? ¿Todo bien?

Por fin, es ella. Jean-Paul le transmite las palabras del facultativo, añadiendo de su cosecha algo de pesimismo; pero Dominique no le deja continuar.

—Anette ha salido bien de la operación, ¿no es así? Eso es lo que importa. Déjate de conjeturas. Siempre serás el mismo... La mayoría de las probabilidades están a nuestro favor; no tiene por qué haber un segundo transplante. Estaré ahí a las cuatro. O antes, si puedo. Come algo. Tranquilízate, ¿quieres? Cuelgo. Tengo otra llamada.

Probabilidades. Su palabra favorita. Habría sido raro que no saliese, cómo no. Cuando, finalmente, habían decidido separarse, tampoco se le escapó mentarla.

Tranquilízate, cariño, no somos la primera pareja que se rompe, ni tampoco seremos la última. Por favor, no hagas de esto un drama. Las probabilidades de fracaso matrimonial, cuando hay un único hijo y aparece un problema como este, son del ochenta por ciento, como mínimo. Dominique siempre fue capaz de transformar un problema personal en una evidencia estadística, cavila ahora Jean-Paul, masticando distraído el insípido almuerzo hospitalario. Y pensar que fue precisamente eso una de las cosas que más lo atrajeron de ella en otro tiempo, hace una eternidad, cuando la amó con locura —casi le produce asco sólo el pensarlo—, su frialdad al estilo de Cathérine Deneuve. La cabeza siempre fría en aquel cuerpo bien formado; pero que tampoco era para tanto, mujeres más guapas las tuvo e incluso había podido casarse con ellas. No, por más que lo piensa, no ve otra razón para el apasionamiento por Dominique más allá de su propia inseguridad. Parecía que, con ella a su lado, nunca le podrían afectar las vacilaciones de la vida ni los vaivenes de la fortuna. Dominique era una mujer estable, firme, una roca donde echar los sólidos cimientos del futuro.

Sin embargo, fue precisamente eso lo que acabó de rematarla, de darle en la madre a todo, piensa el hombre sorbiendo el enésimo trago de café de plástico amargo, su maldita seguridad, pasara lo que pasara. No fueron los devaneos de uno o de otro. A fin de cuentas eran gente de hoy en día, pareja de hecho antes que de derecho. No, mierda, no. No fue eso, definitivamente no. Fue su obstinación por tener hijos, por tener una hija. Quería una hija antes de los treinta y cinco. Fue por ella y la tuvo. Estaba segura de que sería una niña, y lo fue. Lo malo vino después, pero ni siquiera eso afectó a la seguridad de Dominique. *Insuficiencia hepática grave.* Anette, con tres años, tirada en la camilla de urgencias. Pero tampoco esto abatió a Dominique. Revolvió Roma con Santiago hasta lograr un trasplante. Y Jean-Paul en el infierno que Dominique no parecía compartir.

El porcentaje de éxito en los trasplantes compatibles de hígado en niños menores de cinco años es de... —a él qué coño le importaban los porcentajes, era su hija.

También es hija mía, y no por descontrolarte vas a arreglar nada —bla bla bla... Así empezó todo, el principio del fin. Él comenzó a odiar su seguridad, ella a detestar su inconsistencia.

El transplante, a pesar de todo, había salido bien. Por lo menos, durante un par de años. El hígado de Anette parecía recuperarse mientras, paradójicamente, la relación entre sus progenitores naufragaba. Jean-Paul no había sido capaz de decidirse a tomar ninguna decisión, cualquiera que hubiera sido. Eludía el problema negándose a la evidencia, volviendo los ojos hacia otro lado, fingiendo no ver cómo Dominique llegaba cada día más tarde de la oficina, cómo se maquillaba y se vestía cada día con más esmero antes de salir. Escudándose en el daño que podría recibir la pequeña, reventando en repentinos y sorprendentes ataques de ira, imposibles de sospechar antes en él, que eran seguidos de largos silencios en los que apenas se dirigían la palabra, excepto para mantener en Anette una ficción de normalidad, Jean-Paul asistía, desgarrándose por dentro, al espectáculo de la metamorfosis de su amor en odio.

Había sido la mujer —siempre ella— quien, con súbita determinación, un día de tantos, ni mejor ni peor que cualquier otro, había puesto las cosas en claro.

—¿Hasta cuándo vamos a seguir así, en esta indecisión? Tú me detestas y yo también siento lo mismo ahora. ¿Para qué continuar engañándonos? Es mejor que cada uno tire por su camino —y así lo habían hecho, hasta que Anette había vuelto a empeorar.

En los forzosos encuentros que habían seguido —bien a la vista estaba— las cosas no mostraban signos de tomar mejores rumbos. El tiempo no había cicatrizado las heridas abiertas. Nada nuevo había surgido, a no ser esta letanía repetida de mutuas recriminaciones. *Tan monótonas como estériles, Dominique, si uno se para a pensarlo con frialdad. Ciertamente.*

Dominique no fuma. En su opinión, fumar es un defecto de los que no saben bien lo que quieren. Estas debilidades no van con ella. Se deja besar en la mejilla, fugaz y fría, apenas correspondiendo a la cortesía. Hace las preguntas esenciales a la enfermera, las que no se le ocurrirían a él: cuántos días tendrá aún que estar Anette en el hospital, qué va a comer hoy, hasta cuándo tendrá restringidas las visitas. Después decide que deben pasar juntos a verla.

—Le hará bien el vernos a los dos. ¿No te parece?

Como si mi opinión contara, se dice Jean-Paul mientras asiente.

La pequeña está de buen humor; se ríe con ganas ante los mimos y con su juguete favorito que la madre, previsora, no olvidó. Durante un momento, parece como si el tiempo retrocediese a los días felices de la Anette de dos años, riéndose los tres contentos en el sofá del minúsculo apartamento del distrito catorce en el que ahora Jean-Paul es un extraño. Pero Anette alarga la mano con excesivo entusiasmo, la aguja del suero la hiere en el brazo y llora. La magia se quebró. La niña ha cumplido siete años, y estos cinco últimos son, aparte del sufrimiento, los del abismo abierto entre sus padres. El tiempo de las visitas acaba.

—Uno de ustedes puede quedarse por la noche. Sólo uno –puntualiza, imperativa, la enfermera.

—Hoy es viernes. Yo me quedaré el fin de semana, querida —le aclara Dominique, no menos decidida, a la pequeña—. Papá volverá el domingo por la tarde. ¿De acuerdo? —la interrogación al hombre parece sólo retórica.

—Dominique, ¿no crees que deberíamos hablarlo nosotros dos antes...?

La mujer mira a la niña y se muerde los labios, en un visible esfuerzo por no imponer sin más su criterio.

—Muy bien, Jean-Paul. Vamos un momento al pasillo, hija. Papá y yo tenemos que hablar.

La discusión comienza a media voz, amortiguada por la necesidad de que Anette no la escuche, limitada por la urgencia y por la falta de innovación en los reproches. Dominique le recuerda que el año anterior, justamente en las mismas fechas, coincidiendo con un ingreso hospitalario repentino, él se moría por ir a la fiesta a Dol-de-Bretagne, la tierra de la que ambos son oriundos. Le insiste en que no va a tener mejor ocasión que ésta para hacerlo, tomar el TGB de la noche y pasar allí todo el día de mañana, sábado. Jean-Paul le agradece, irónico, tan repentino interés por sus aficiones; pero remacha que éste no es más que un problema secundario. Anette es lo que más importa.

—Yo cuidaré de Anette este fin de semana, como lo llevo haciendo todos estos años, ¿recuerdas?

—¿Qué insinúas con eso de *estos años?* ¿Acaso no acordamos una separación amistosa, para no pelearnos en los tribunales por la custodia? Tú misma lo dijiste, se trataba de evitarle traumas...

—Eso no viene al caso ahora —corta Dominique—. Tú procura estar aquí el domingo a las seis, y punto. Si fuera necesario, te llamaría a casa de tus padres.

—¿Qué coño es lo que viene al caso, entonces? ¿Lo que a ti te dé la gana y cuando se te antoje?

—¡Jean-Paul, por favor! Estamos en un hospital, no es el momento de discutir estas cosas...

La enfermera asoma al corredor para rogarles silencio. Finalmente, cuando Dominique está a punto de llorar —las lágrimas parecen ser el arma infalible de las mujeres, si exceptuamos a Dominique hasta hoy, quién lo diría— el hombre cede: se irá hoy, volverá el domingo. Dejarán todo claro de una vez para siempre, incluso el tiempo que Anette pasará con cada uno, en cuanto la pequeña abandone el hospital. Dentro de una semana, dos a más tardar.

Jean-Paul entra a despedirse de su hija. No da muestras de estar muy afectada, al menos por lo que dice. Él promete llamarla con frecuencia. Pero cuando el hombre, ya en la puerta, le dirige la última mirada, no deja de advertir, o cree vislumbrar, en los ojos de la niña una mezcla de recriminación y desamparo que lo desarma por completo. Un par de horas más tarde, ya instalado en el tren, camino de Rennes, tras avisar a sus padres del resultado de la intervención y de su partida, recuerda aquella mirada clavada en la suya y maldice de nuevo su suerte. Abomina de su indecisión y de la osadía de Dominique que le va robando, poco a poco, a la pequeña por un camino sin retorno. El paisaje, siempre llano, y el cansancio acumulado se confabulan y lo derrotan a poco de iniciado el viaje. Duerme un sueño de plomo y se despierta cuando el TGB se aproxima a su destino. Un transbordo en Rennes. Dol, que ya se divisa en la anochecida.

Los padres, que esperarán ansiosos en la estación. Dos hijas más viviendo a sus faldas, como quien dice. En Dinard la primogénita, Jacqueline, sin hijos, casada con un hostelero, bien casada. Casi todos los naturales de Dinard son hosteleros bien casados. En Combourg la menor, Marie, soltera, enseña literatura en el colegio de la pequeña villa, que fuera en otros días cuna de los sueños de Chateaubriand. Anette es la única nieta, y está enferma. Los viejos la pasan mal, aunque lo disimulen. Por lo menos, esta vez, tendrán juntos en la fiesta a todos sus hijos. Los tres, que no se reunían desde hacía años. Seguro que esto les alegrará un poco, piensa Jean-Paul levantándose del asiento en el vagón. Por eso ha venido, si es que ha venido por alguna razón distinta a la decisión de Dominique.

Su padre, Aristide, espera en el andén. Con él está la pequeña Marie; tan rubia, tan vivaracha, tan avispada como siempre. Por Marie sí que no parecen pasar los años. Se abrazan, primero el padre; después ellos dos, más que como hermanos, como cómplices. Siempre se llevaron muy bien, una relación particularmente intensa. Ellos preguntan por Anette, Jean-Paul pregunta por su madre. Está en casa, acabando de preparar las cosas para la cena, de disponerlo todo. Por ser día festivo, la sirvienta tiene el día libre. Jacqueline se va a retrasar todavía unas horas, pero al fin también ella acordó quedarse allí esa noche. Dormirán todos los hijos en casa, como cuando eran niños, cosa infrecuente. La madre, Rose-Juliette, ya ha perdido el hábito de preparar tantas habitaciones, de disponer tantas sillas, tantos lugares en la mesa. Incluso está nerviosa, aventura Aristide. Marie asiente.

Rose-Juliette, la *maman*, que sale secándose las manos en el delantal no bien escucha los ruidos del coche al detenerse, que abraza a su hijo y llora; y los abrazos y llantos son sentidos y hondos como sólo los abrazos y los llantos de una madre pueden serlo. Rose-Juliette que pregunta, angustiada, por Anette, y por enésima vez —nunca se cansa de escuchar la eterna negativa— insiste en que si su relación todavía puede tener arreglo. Se va sosegando a medida que el hijo la tranquiliza. Llaman al hospital y hablan todos con la nieta. Luego toman un aperitivo en el porche cubierto, mientras las llamas empiezan a morder la leña de la barbacoa. Recuerdan viejos tiempos, tal vez mejores, ponen al día las historias y las novedades sobre los conocidos, hoy muchos más en París y alrededores que en la propia Bretaña; desgranan muertes, nacimientos, bodas, divorcios, como a la misma hora, en tantas otras casas casi idénticas de techos de pizarra oscura, en todo Dol, repasarán idéntico rosario de noticias.

Llegan Jacqueline y Gustave, su marido. Tarde, como suelen hacerlo a esas reuniones. Gustave vive para su negocio y, como buen negociante, se lamenta. Los tiempos ya no son lo que eran, ni los francos de los visitantes dan de sí lo que daban, como años atrás, pero uno va tirando, se hace lo que se puede, etcétera. Jean-Paul sorbe su *pastis*, aburrido de escucharlo, y piensa que, años atrás, tantos como alcanza su memoria, desde que lo conoce, —o sea, en los buenos tiempos de marras–, Gustave decía que los tiempos ya no eran lo que habían sido, ni los visitantes gastaban con tanta generosidad como antes, y decide que Gustave es tan plano, tan previsible y con tan poca sustancia en su mollera como las *crêpes* que presume de preparar mejor que nadie, faltaría más.

Pero hay que tener la fiesta en paz, de eso se trata, ¿no? Hoy parece haberse firmado un acuerdo tácito de no agresión entre Gustave y Jean-Paul. Sus violentas disputas de otras ocasiones, favorecidas no sólo por el choque de caracteres, sino por las respectivas funciones sociales antagónicas de cada uno —empresario emprendedor y burócrata tributario, respectivamente— parecen aplazadas. La *maman* sirve el pastel favorito y todos cantan en la sobremesa, Aristide toca su vieja guitarra, rescatada del polvo del desván. Jean-Paul casi se siente en paz con el mundo, el calor del calvados en su garganta, el humo del tabaco rubio en su paladar, la *chanson* hogareña acariciando los oídos, el brazo en el hombro de Marie. Está de vuelta en casa, aunque sepa en el fondo que no es un retorno, que sólo es un paréntesis en la vorágine, el intervalo fugitivo que marca el tiempo de pasar la página en blanco entre un capítulo y otro de su libro.

III

Nueva York es la única ciudad del mundo en la que se obsequia a los visitantes un folleto turístico que contiene una lista, en varias lenguas, de veinte requisitos. Transcribiremos algunos. Los diez primeros indican cómo tener una estancia segura en la ciudad, e incluyen consejos sobre el transporte en autobús y subway, *cómo cuidar del dinero y del pasaporte, sobre las propinas, los taxis* (tomen sólo los taxis amarillos), *los puestos de información turística, el personal autorizado para el transporte de viajeros y equipaje, o la mendicidad* (no dé limosnas, la mejor forma de ayudar es contribuir a una organización social o iglesia local). *Aun siendo alguno pintoresco:* cuando utilice el metro, manténgase en (o dentro de) un grupo y evite las áreas aisladas, *son más curiosos los diez restantes. Son diez requisitos para disfrutar de una eterna estancia feliz en el cielo. Admitiendo su semejanza con los diez mandamientos comunes, estos consejos hacen precisiones concretas que hablan del carácter pragmático de esta sociedad. Así el folleto señala:* honra a Dios yendo a la iglesia los domingos, *o este otro, sin desperdicio:* el sexo al margen del matrimonio destruirá tu cuerpo físico y tu alma eterna (having sex outside of marriage...). *Estas condiciones para la inmortalidad, según aclara el mismo folleto, figuran en el libro del Éxodo, capítulo 20, versículo 1-17. Lo que demuestra, entre otras cosas, que ya los antiguos judíos abominaban del adulterio e iban todos los domingos a la iglesia. Estos sabios consejos se repiten en tres idiomas.*

Para terminar, el texto, en inglés, francés y español, proporciona una información intrigante: Estos diez requisitos para obtener una vida eterna fueron profusamente infringidos por todos los grupos étnicos del mundo. La consecuencia por infringir uno solo de estos requisitos es el castigo eterno. *El misterio se resuelve al abrir el folleto y desplegar el mapa turístico de Manhattan que ocupa su reverso. En él brilla, en lugar bien visible, el logotipo y la dirección del patrocinador:* Times Square Church, the United Nations of Churches, atendemos las necesidades espirituales de unas sesenta y cinco nacionalidades (approximately sixty five nationalities). *En Nueva York el mismo paraíso tiene patrocinador. Todo, incluso el paraíso, tiene un precio.*

Porque el dólar no es una forma de la materia, sino el espíritu puro encarnado en el papel moneda, la sustancia misma de la divinidad, intangible en su esencia y tan sagrado como cualquier dios monoteísta. El dólar en Nueva York es el núcleo auténtico de la identidad; no necesitarás documentos para transitar por sus calles, pero sí dólares para ocupar un lugar físico en su espacio y en su tiempo. Si carecieras de dólares, te volverías evanescente, transparente como los vidrios de las tiendas de la 5th o de la Madison Avenue, exentos de la más mínima brizna de humedad o desperdicio, ligeros como el aire gélido de este febrero, tan frío que su frialdad se puede palpar con los dedos. Si no tuvieras dólares, ni siquiera existirías, y en ese caso, los gansta *del Bronx, los* hassidim *judíos vestidos de negra sotana, los ejecutivos y azafatas uniformados de gris en el World Trade Center o los colombianos de Roosevelt Avenue podrían pasar a través de tu cuerpo sin romperlo ni mancharlo, como la dudosa luz urbana atravesando esos cristales de inmaculada transparencia. Pero tú tienes dólares sobrados, igual que los que te mandan. Suficientes para recorrer el Midtown y saber que podrías entrar en las tiendas y comprar, si quisieras. Pero no quieres, sólo quieres lo que necesitas, el veneno de la otra orilla del río. Tomarás el tren para hacerte con él, aunque no irás en* (ni dentro de) un *grupo. Irás sola, en su busca, a la misma tienda a la que otra vez te llevaron para presentarte. Tú no eres una turista, por más que también a ti Nueva York siga resultándote ajena, porque esa alienación es su razón de ser última.*

Nadie puede conocer lo íntimo de Nueva York. Nadie puede poseerla. Nueva York es demasiado grande, todo está muy lejos para poder abarcarlo. Muchos millones de habitantes humanos, legales unos, ilegales muchos, desconocidos todos. Muchos miles de animales en los zoos, muchísimos miles más fuera de ellos. Muchachos fornidos pasean reatas de perros de brillante pelaje, atados con traíllas, por las anchas aceras del centro, teniendo cuidado de no pisar a los vagabundos que tiritan de frío en la nevasca. En la televisión hay canales especializados en la sicología de los gatos. Pero ningún canal que pueda calentarte el corazón, librarte de la frialdad que llevas dentro, de la condena que arras-

tras contigo. Todas las sonrisas son de dentífrico, incluso las de los anuncios de las funerarias. Sobre los taxis amarillos, los que hay que tomar según las indicaciones de los folletos turísticos, grandes carteles exhiben calaveras en primer plano, cada una con su cigarrillo encendido y su sombrero de cowboy, *que proclaman en un eslogan lacónico:* Cancer Country; *pero las calaveras son tan relucientes que ni siquiera tienen manchas de nicotina en los dientes, ni el menor rastro de caries. Aunque fuese devorado por las siete plagas de Egipto, y más que hubiese, el imperio americano no perdería la sonrisa. Las vigas que sostienen la arquitectura de este sueño tienen grietas, como alguno de los puentes sobre el Hudson, precariamente apuntalado. Andar por Nueva York es entrever las cicatrices del inevitable futuro colectivo, pero sus arrugas no te resultan extrañas sino familiares. No podrás tal vez adivinar en ellas otra cosa que el presentimiento de tu destino. Nueva York será tu espejo, las marcas de su vejez los surcos ocultos bajo el maquillaje de tu rostro.*

Bajas por la Avenida de las Américas, pero ¿existen otras Américas? La opulencia obscena del Rockefeller Center preside las filigranas de los patinadores sobre el hielo más caro del universo, siempre es Navidad en casa de Rockefeller y si no como si lo fuese. Entras en la 42th, emblemáticos buildings *van quedando a tus espaldas, el de las United Nations, tantas banderas a orillas de un río que no va a ninguna parte, el edificio Chrysler, joya del art déco, tal vez el único rascacielos que valdría la pena salvar del incendio. Todo es un gigantesco mercado de* souvenirs, *pero nada que haya que recordar, la realidad de los iconos imperiales es tan evidente que ofende con la imposición asfixiante de su presencia. Disney Store o la degrada-*

ción hasta el infinito de lo clásico, *autor u obra que se considera modelo digno de imitación, que actúa conforme a las normas tradicionales o canónicas —mesura, proporciones, armonía, equilibrio—, acuñadas en la antigüedad greco-romana, según los diccionarios. Igualito a Mickey Mouse.*

Finalmente, Times Square, representación de sí mismo, escenografía de esta inmensa ficción, puro teatro donde todos los viandantes caminan como si transitasen por un escenario en el que ellos son los actores. Despojados de la magia artificial de la noche, los enormes carteles y el neón multicolor tienen algo de paisaje de verbena fenecido, de desolación entre la nieve. La temperatura es muy baja. Un intenso tráfico, incesante y ajeno, agujerea tus oídos con la insistencia de un taladro. De vez en cuando un camión de bomberos, rojo y luminoso como un árbol de Navidad, hace sonar sus múltiples sirenas y obliga a los automóviles a apartarse y a invadir las colmadas aceras. Colas interminables y multicolores esperan para adquirir tickets *para el teatro o para el último éxito discográfico de* hip-hop. *Lo que tú vas a comprar, en cambio, no se halla a la venta masiva.*

Aquí abordarás el subway, *Xana, en esta estación laberíntica, donde empieza la línea morada de los mapas. Un billete simple de ida y vuelta. No necesitarás más. Irás al otro lado del río, al otro lado de ti. Porque a eso es a lo que, en realidad, has venido a Nueva York, por más que el trabajo sea el pretexto, la excusa que engaña a todos menos a ti. Estás en la capital de la mentira, claro que la única mentira útil no te la darán gratis. En esta ciudad estás, Xana, de paso como en la vida; y no hay, en toda su inmensidad, ninguna iglesia local o intercultural, que pueda rezar por ti. Ninguna oración que te valga, ninguna cara que no te sea desconocida, ni ojos que, en vez de escaparate falaz, sean espejos donde reconocerte, ningún dios para rescatarte, aunque fuera por un instante, del infierno de tu adicción.*

El tren que te lleva a Jackson Heights tiene los vagones viejos, paredes remendadas, en las que aún se percibe la huella de los grafitos del spray *bajo las planchas de metacrilato. Es la concurrida línea 7, Main Street-Flushing. Gastados coches de borrosos colores, otrora rojos, que, más que viveza inspiran ahora compasión. No te agrada Queens, este gigantesco barrio dormitorio barnizado de etnicidad, ni siquiera Manhattan; incluso empiezas a hastiarte de volar, cosa que nunca antes te habrías imaginado. El recorrido, idéntico al de la vez anterior, apenas suscita ya tu interés. El tren corre ahora por la superficie y deja ver las terrazas de ladrillo en los edificios de viviendas baratas, las escaleras adosadas al exterior de los bloques. Todo está cubierto de nieve como en una de esas películas navideñas que hablan de Papá Noel y de la bondad infinita de los hombres, mientras las lágrimas resbalan por las tiernas mejillas de los niños, morenos o rubios no viene al cuento.*

Paseas tu mirada por el vagón, a falta de algo mejor que hacer. Es el inevitable melting pot *neoyorkino. Tres negros corpulentos y altos como torres, enfundados en cazadoras negras,* Fuck you, brother!, *la divisa de su escudo, los tres con los mismos aretes en las orejas, los mismos gorros de lana, los tres con la misma barba de chivo y las mismas gafas oscuras. Una adolescente lánguida, flaca como un hilo, de piel tan blanca que evidencia las venas azules en su transparencia, con el cabello tan albo como un lienzo, casi desnuda en su camiseta de tirantes que contrasta con el frío de este febrero, colgada del brazo, tatuado hasta las yemas de los dedos, de un tipo musculoso. Dos viejas acurrucadas en un rincón del asiento, comentando el último libro que han leído,* Cómo ser feliz a los ochenta años, *también inevitable. Cuatro muchachas esbeltas, figurantes en el coro de alguno de los musicales del Off-Broadway, argentinas,* de casa bien, che, *obligadas a subsistir en Queens malamente porque el salario no da para más, y los comienzos siempre son difíciles, ¿viste? Una pareja* hetero *de chinos leyendo un periódico chino con las manos entrelazadas, y una pareja* homo *de hispanos del Caribe comiéndose a besos, etcétera. El resto de los ocupantes del atestado compartimento no están tan cerca como para permitir una observación tan detallada. Con todo, probablemente ninguno de ellos merezca tampoco más interés que los que te rodean. Tan poco interés como tú misma despertarías, perdida en este vagón del metropolitano que va dejando atrás el Hudson para adentrarse en la orilla izquierda, territorio periférico donde las casitas con jardín y dos pisos, antes patrimonio de las clases medias blancas, han ido cayendo bajo el dominio avasallador de las oleadas de emigrantes de piel oscura, latinos o asiáticos, que van dando un aspecto chillón y multicolor a las calles salpicadas de árboles y portezuelas verdes.*

Unas cuantas estaciones más y tú ya comienzas a ser una completa extraña, con tu trajecito de chaqueta de buen corte y tu pelo, bien peinado para el canon occidental, intrusa en un país que no es el tuyo, extranjera en este vagón en el que todas las mujeres presentes visten saris *y cubren su cabeza. Las dos viejas del rincón, últimas evidencias de otra cultura a esta orilla del río, se apearon algunas paradas antes. En la anterior se perdieron las bailarinas; juntas, como si la proximidad mutua pudiese aliviar la incómoda sensación que produce el tener que transitar a la fuerza por territorio enemigo hasta alcanzar la seguridad familiar del apartamento. Pero tú, a pesar de la soledad en medio de tanta gente, no tienes miedo; sólo te sientes ajena, como si tu misma presencia aquí tampoco te perteneciese. Como si tu propio cuerpo, sentado en el plástico naranja del asiento corrido, próximo a los jóvenes de piel cobriza, bigote negro y ojos afilados que se clavan en ti como si fueras un imán, próximo a las mujeres que cacarean en hablas incomprensibles; como si tu propio cuerpo, en fin, no fuese más que otro accidente inevitable del paisaje.*

74th Street-Broadway, fin de trayecto. Bajas del tren y caminas. Uno de los hombres que se sentaba a tu lado baja también y se aprieta contra ti, aprovechando el apelotonamiento de la puerta para pellizcar tu trasero; le lanzas un rápido manotazo, pero no aciertas a darle. El individuo, adivinando tu reacción, huye ya con la pericia de los pellizcadores veteranos, antes de que consigas incluso identificarlo. Miras alrededor, compruebas que nadie más se te acerca, como si fueras la turista sorprendida que en realidad no eres. Porque estos hombres que te miran y te codician no saben que tú ya estás más allá de la carne, en un lugar trágico y perverso que ellos nunca podrían alcanzar contigo por mucho que lo intentaran.

La calle comercial es abigarrada, rebosante, con sus delis *oliendo a pintorescos manjares, colmados de especias, en un aire tan denso que se podría cortar con un cuchillo. Las vestimentas orientales, las vidrieras con carteles de budas y de diosas Kali de infinitos brazos, los vendedores vociferando las gangas en el exterior de las puertas, los duplicados clónicos de las últimas novedades electrónicas e informáticas, las joyerías con alhajas de oro trabajado a mano en diestras filigranas superpuestas como cascadas de cristal amarillo... Se diría que estás en otro continente, más al sur, al otro lado de algún océano. Pero es sólo otra ciudad dentro de la misma ciudad, la metrópoli con la que un día, no tan lejano, habías soñado. Sólo que ahora conoces el precio que tienen los sueños.*

Entras en una tienda de joyas, aparentemente igual a cualquier otra en esta calle en la que los negocios se alternan con exactitud casi milimétrica, con un orden preciso de sucesión: una joyería, un bazar que es, al mismo tiempo, tienda de electrónica y comercio de ropa tradicional, un deli *o un* halal meat shop, *una agencia para el envío inmediato de dinero a Asia o a cualquier otra parte del mundo, una nueva joyería, otro bazar, un nuevo* deli, *otra agencia, intercalándose, poniendo de manifiesto una lógica profunda bajo el aparente caos.*

La tienda es larga, tan honda y estrecha como un túnel, y casi tan oscura. Por debajo y por delante de los mostradores, a tu izquierda, la luz de los focos halógenos, situados dentro de las vitrinas de cristal, hace que reluzca en preciosas filigranas el oro trabajado por los orfebres. Pero no es oro lo que tú vienes a buscar aquí, Xana; por lo menos, no es oro amarillo, sino de otra casta, más caro y más oscuro.

El patrón te ve entrar, desde el fondo de su túnel, desde el que también acecha la actividad de sus empleadas, vestidas todas con el sari, *y el bullicio de los clientes, como un búho que atisbase su terreno de caza. Es un oriental corpulento, hindú o paquistaní, de mejillas carnosas y poblado mostacho, que viene hacia ti, derecho como la mosca a la miel, apartando con ademán resolutivo a su empleada.*

—Please, lady. ¿A qué debo tanta honra? Hágame la cortesía de seguirme, tenga la bondad. La atenderé yo en persona.

Le sigues a un despacho cuadrado, de amplias dimensiones, cosa que no dejaba sospechar la estrechez de la tienda. Los muebles son de caoba y los tapizados de cuero. Estrecha tu mano, la besa. Se sientan. Te sientes incómoda, puesta en evidencia. Te sientes vacía. Te sientes podrida. Necesitas acabar cuanto antes.

—Ya sabe a lo que he venido.

—¿Cómo no, lady? Siempre a su disposición. ¿Fuma la señora? ¿No quiere tomar alguna cosa? ¿Un té? ¿Whisky, quizás?

—¡No, nada, acabemos de una vez!

—Como quiera, entonces, no era mi intención molestarla, disculpe si...

—Está disculpado, ahora deme el género y me voy. Tengo prisa. El avión parte esta noche. Dispongo de poco tiempo. —Todo es mentira, pero ya no ves otra forma de romper con tanta cordialidad empalagosa que no esconde sino compasión trasnochada, la cortesía pérfida del ave de rapiña que acaricia con sus garras.

El hombre se dirige a la caja fuerte situada en una esquina, vuelve con un pequeño cofre de terciopelo rojo. Lo deposita sobre la mesa con infinito cuidado, como si se tratase de algo sumamente frágil.

—Aquí tiene usted. Calidad suprema —levanta la tapa. Sobre un lecho de tela, brillan unos pequeños cuerpos geométricos y oscuros, como gemas negras. El hombre, que se puso en las ma-

nos unos curiosos guantes antes de abrir la caja, sujeta tu mano derecha que ya se acercaba, sobre la mesa, a los cristales.

—¡Mucho cuidado, lady! Muerden. Ya sabe lo que es esto, ¿no?

Afirmas con la cabeza, sin acertar con las palabras. Extasiada en la contemplación de los cristales negros de la caja, perfectas estrellas tridimensionales de ocho puntas, afiladas como agujas, simétricas y diminutas. Hay una docena de gemas idénticas, oscuras y trágicas como doce maldiciones. Un escalofrío te recorre al mirarlas.

—¿Estos son los oders?

—¡No me diga que no ha visto nunca uno completo, lady! Por favor, no me desilusione. Pues claro que son oders. No verá jamás otros mejores. Estos son los más puros que pueda encontrar en el mundo. Sólo para paladares escogidos, como los de la gente que la envía.

El hombre, sin dejar de hablar, va cogiendo, una a una, las piececitas de cristal negro y revistiéndolas de celofán transparente, hasta contar cuatro. Luego, las introduce en una bolsita de cuero no mayor que un pequeño monedero y la cierra antes de tendérsela. Guarda el estuche rojo en la caja fuerte, con el mismo ritual.

Tú coges la bolsa y la introduces por el escote, entre tus senos, después de dar la espalda al negociante, que no para de chacharear.

—Cúidelas bien, ya sabe...

—Ya sé todo lo que necesito saber. ¡Adiós! —*interrumpes, alargándole la mano, luego de abrocharte y componer la ropa.*

—Espere, lady. Sólo un momento, escuche. Una última formalidad, nada más. Necesito que me firme el recibo.

Estampas tu nombre en el hueco del impreso, sin apenas mirarlo. Se asemeja a un mal chiste, un recibo con semejante género. Estas cosas sólo pueden suceder en América, business are business.

—*Adivino lo que está usted pensando. Todo tiene sus protocolos. ¿Qué sería de nosotros si no mantenemos un mínimo las formas en este mundo descontrolado en el que andamos? Hablando de formas: había también otras para enviar esto, muchas más. Pero a nosotros nos gustan las suyas, ¿sabe? Nos agrada la belleza en las mensajeras. Somos clásicos, ¿qué le vamos a hacer? A sus pies. Que tenga muy buen viaje,* lady.

Te ruborizas, esto es lo último que te quedaba por oír. Balbuceas una despedida y sales sin volver la cabeza. Caminas calle adelante apurando el paso, como si alguien te persiguiera, o como si pudieras huir de ti misma.

IV

A estas alturas de mi historia convendrá, tal vez, aclarar que yo, Darío Gancedo, nunca he sido hombre de muchos amigos. Soy, por el contrario, de los de pocas amistades, tan contadas como intensas. Debería escribir *era*, para ser más exacto. Porque no he tenido otras relaciones, ya lo he dicho, desde el momento en que Xana llenó mi vida. Ahora mi vida está vacía de ella pero a rebosar de su recuerdo; a ella vivo consagrado, sacerdote único y universal de su culto. Algo dentro de mí, un rastro de ingenuidad que aún pervive, sepultado en el fondo de los años, acaso el desecho de cuando era niño y esperaba a los Reyes Magos, algo me dice a veces que no debo desesperar más allá de la desesperación. No es fácil explicarlo. Si Xana desapareció de esa manera, sin una excusa, sin una nota, ¿me atreveré a decir: sin una razón que justifique su repentina ausencia? ¿No podría, quizás, volver de la misma forma? Pero la vida no es una novela; no está poblada de finales felices, y el peso de los años nos conduce sin remisión al desengaño.

Pero me estoy adelantando a los hechos, anteponiendo las consecuencias a sus causas originarias. Había una llave, ahora ya no la hay —traté de olvidar y tiré la llave a la basura con el resto de las pruebas materiales de la aventura—. Una llave que guardé aquel día en el fondo del bolsillo antes de seguir mi camino a casa. Al llegar, me acosté en el sofá, como había soñado horas antes. Después de asearme, encendí la televisión. En aquel estado de ánimo, no me apetecía darle vueltas a la cabeza; me sentía mental y físicamente agotado; además, al día siguiente, me esperaba otra jornada muy dura en el trabajo. Por alguna razón misteriosa, sin embargo, no me era posible dejar de pensar en aquella extraña persecución automovilística, aunque no tuviese a nadie con quien comentarlo; mis amigos —escasos como aclaré— estaban de vacaciones fuera de la ciudad, también mi familia.

Era un secuestro, tenía todas las trazas, cavilaba ahora que mentalmente rebobinaba los hechos, recordándolos, como si tornase a visualizar una película de la que yo fuese el único espectador. Cuanto más lo pensaba, más raro me resultaba todo. Un secuestro del ocupante —¿por qué en aquel momento no pensé en la posibilidad alternativa: *la ocupante?*— del coche rojo. Debía denunciarlo; de no hacerlo, ¿correría peligro yo mismo? Decidí que no. Era harto improbable, por no decir imposible, que los ocupantes del segundo vehículo, teniendo en cuenta mi situación y su urgencia, hubieran advertido mi presencia. Parecía todo tan irreal, tan fantástico... Estaba del todo seguro de que la poca gente que se había asomado no había visto nada, más allá de un choque leve y sin víctimas entre dos coches. Pero el ocupante del primer vehículo ¿huía realmente, o no? Ya no estaba cierto de nada; cuanto más hurgaba, más irreal, más novelesca se me antojaba toda la escena. Por otro lado, si iba ahora a la policía, las cosas se complicarían mucho, tanto con mi familia –ya había tenido que insistir para quedarme solo en la ciudad ese verano– como en mi precario trabajo. Miré al reloj, eran las once pasadas. Me levanté del sofá para tomar algo en la cocina.

Fue entonces cuando reparé en el desorden. La ropa de la que me había despojado para asearme seguía tirada sobre una silla. La recogí, saqué el cinturón y el contenido de los bolsillos. La pequeña llave, que casi había olvidado entretanto, estaba de nuevo en mi mano. Tenía una evidencia para ir a la policía, llegado el caso, decidí. Algo que apuntalaría la veracidad de mi historia. La guardé en el fondo de un cajón de mi armario. Creí conveniente esperar y estar atento a las noticias de los días siguientes, rastrear cualquier información relacionada con desapariciones o secuestros. Aquella no era una gran ciudad; un rapto, si tal era el significado de lo que había visto, no podría quedar oculto durante mucho tiempo. Tendría que aflorar, más tarde o más temprano. En tal caso, yo aportaría aquel objeto con el testimonio de lo que había visto, o había creído ver.

Pero nada sucedió. Pasaron los días, casi dos semanas completas, y ni rastro de nada que se pareciese a un secuestro en la prensa, la radio o la televisión, y comencé a abandonar mis divagaciones en torno a aquel extraño episodio.

Se habían cumplido los doce días; al decimotercero mis ojos chocaron con un anuncio publicitario. Era una página a color en la que se promocionaba un gimnasio de la ciudad. Omitiré su nombre. El anuncio contenía varias fotografías que mostraban las distintas instalaciones: sala de masajes, piscina, pistas, vestidores... En los vestidores eran bien visibles los casilleros blancos y las llaves, con capuchones blancos y números, dispuestas en las cerraduras.

Corrí a mi armario y revolví la ropa hasta dar con mi llave, la que había encontrado días antes en aquel raro incidente. La comparé con las de la fotografía. Aparentemente eran idénticas. Por lo tanto, aquella llave pertenecía a uno de los casilleros de aquel gimnasio. Dudé sobre qué hacer, ¿sería yo capaz de decidirme a ir al gimnasio y ver lo que allí había? Era un establecimiento privado, sería difícil que me dejasen entrar no siendo socio. Y si lo lograra, ¿qué esperaba encontrar allí? Nadie iba a ser tan ingenuo como para guardar nada que mereciese la pena en un armario de gimnasio, ¿o sí? Era más que probable que el gimnasio estuviera cerrado por vacaciones. Pero tampoco se perdía nada con probar. El sábado, me dije, iría el sábado. No tenía cosa mejor que hacer ese día, a no ser estudiar las asignaturas que me quedaban para acabar de una vez la carrera, o marcharme a la playa con mis padres. Ninguna de las dos alternativas me seducía. Decidí que nada arriesgaría intentando probar suerte. Después de todo, en mi inconciencia, aquello era sólo otro estúpido juego con que entretenerme en medio del aburrimiento estival.

El sábado tomé una bolsa de deportes y me dirigí al gimnasio. Opté por entrar con paso firme, sin dudar ni preguntar a nadie, como quien es realmente socio. Sabía que en caso de que la entrada estuviera vigilada por un portero avezado, tal argucia no iba a tener efecto, pero, con todo, resolví probar. Escogí la hora de sobremesa, suponiendo la conjunción del máximo calor y la mínima afluencia de gente, favorable a mis propósitos. Temblaba como un mimbre y mis manos sudaban tanto que el asa plástica del bolso se me escapaba, pero empuñé el picaporte con mano decidida.

La entrada del gimnasio tenía dos puertas de cristal. La exterior reflejaba la claridad de la calle como un espejo y no dejaba percibir detalle alguno del interior. Cuando me acerqué a la segunda, pude observar que los hados me eran favorables; por un increíble golpe de suerte, el puesto del vigilante, detrás del mostrador situado frente a la puerta, estaba vacío. No dudé ni un instante, abrí y doblé a la derecha, siguiendo el indicador que señalaba esta dirección con la palabra *vestidores*. Un corto corredor y desemboqué en ellos. Allí estaban los estrechos casilleros apilados. Sólo me topé con dos hombres, uno camino de las duchas, el otro cerrando su propia casillero, pero ninguno de ellos se molestó en dirigirme una mirada. Más que correr, volé al número dieciséis. Introduje la llave.

Desgraciadamente, la cerradura no cedió; por más que empujaba, la llave se resistía a entrar. En mi desconcierto, aún pasaron unos momentos antes de advertir lo que ocurría. Los casilleros eran verdes, de forma y disposición idéntica a la del anuncio, pero eran verdes. Los capuchones de las pocas llaves que en aquel instante se hallaban colocadas en los casilleros eran verdes también. Por fin, comprendí mi error: el símbolo que acompañaba a la palabra *vestidores* en el indicador de la entrada.

Tenía que volver atrás. Desanduve el camino, convencido de que en esta ocasión el recepcionista me señalaría amablemente, o no tanto, la salida. Pero el vigilante, que ya estaba detrás del mostrador, se hallaba en ese momento distraído sacando un refresco de una pequeña nevera. Esta vez, giré hacia el lado contrario. A la izquierda de la cristalera. Confirmé, con una rápida ojeada a las señales, la razón de mi desacierto inicial. En efecto, había dos letreros con la palabra *vestidores*, uno con el fondo verde, el mismo de los casilleros, que señalaba a la derecha, el que yo equivocadamente había tomado, y que llevaba también el símbolo que indicaba *masculino*.

El otro, al que ahora me dirigía a toda prisa, con la llave en la mano, fondo blanco en el rótulo y también en los casilleros que ya se divisaban, el símbolo de *femenino*. Recé para que la disposición de los números en los casilleros fuera la misma, el dieciséis cerca de la entrada. De lo contrario, mi buena estrella no podía durar. Aún suponiendo que el vestidor de mujeres estuviese casi vacío, las pocas que hubiese no tardarían sino escasos segundos en advertir la presencia de un intruso y gritar. Y el portero, en este caso, no se iba a molestar en gastar conmigo ningún resto de amabilidad.

Mentiría si afirmase que no sentía miedo cuando, luego de espiar un instante desde el pasillo y de comprobar que aquel vestidor parecía estar vacío, me adentré y clavé la llave en el casillero dieciséis. Ahora la cerradura respondió a mis esfuerzos y pude abrirla. Me parecía que el ruido de mi corazón, que latía desbocado, podía oírse en toda la ciudad. Dentro del casillero sólo había una bolsa de deportes, roja, de aspecto común, con un conocido logotipo, cosa nada rara de encontrar en un lugar semejante. No me detuve a averiguar su contenido. Cogí la bolsa y la introduje en la mía, casi vacía, la apreté dentro de la cremallera y, sin perder tiempo, hice girar la llave, la extraje y me alejé de allí lo más rápidamente que pude. Al salir al corredor, me crucé con una mujer joven que me miró, entre sorprendida y despreciativa, sin duda habrá pensado que se hallaba ante un *voyeur*.

No tenía ocasión ni humor para convencerla de lo injusto de sus apreciaciones. Me escabullí como un relámpago sin pararme a ver, siquiera, lo que hacía el vigilante que seguía en su puesto cerca de la puerta. Creo que ni tiempo tuvo de reparar en mí. Doblé la esquina y me puse a correr cuanto me daban las piernas, huyendo como si alguien estuviera a punto de alcanzarme. De vez en vez miraba hacia atrás, siempre estaba solo. Nadie había advertido el hurto, pero seguía corriendo. Yo no valdría para ladrón, ahora puedo afirmarlo con conocimiento de causa. El calor, las calles desiertas, el corazón a galope, el pulso acelerado, jadeante la respiración... y yo corriendo, huyendo sin saber de qué. Por fin, logré dominar mi paranoia y pude detenerme.

Miré en todas direcciones reiteradas veces. Nadie. La ciudad desierta a mi alrededor, la bolsa ajena en mis manos. ¿Y ahora qué? Mis planes habían rematado. Nada tenía previsto para el caso de hallar algo en aquel casillero. Era seguro que no había esperado encontrar nada, ni entrar en el gimnasio, siquiera. El sol estival estaba derritiéndome los sesos. El suelo de la acera quemaba, ¿o eran mis pies recocidos por la carrera dentro de los tenis? Reconocí el lugar a donde mi absurda huida me había llevado: estaba muy lejos de casa. Delante de mí se abría un pequeño parque. Árboles altos, de copas densas y sombras tibias donde guarecerme de aquella luz ardiente del estío. Me sentía agotado; entré en el parque.

Un banco solitario, bajo un castaño de indias. Me senté en él para recobrar el aliento y ordenar mis confusas ideas. Entonces medité sobre el paso en falso que había dado con mi irresponsabilidad, con mi estúpida presunción. Recoger la llave había sido una majadería, nada hubiera perdido con no hacerlo. Pero ahora la cosa era peor, acababa de apoderarme de algo que no era mío. De robar, para ser más claros. Algo que, a lo mejor, nada tenía que ver con aquel lejano incidente automovilístico. ¿Cómo iba a presentarme ahora con semejante cuento a la policía, aun en el caso improbable de que mis sospechas fuesen acertadas? Estaba metido en un buen lío, ¡a buena hora iba yo a salir con bien del asunto! Comencé a cavilar en las repercusiones que tendría mi conducta, si llegaba a hacerse pública. No quería ni imaginármelo. Hasta esa época, yo había sido un muchacho juicioso, aunque bastante fantaseador, dado a las musarañas, y sólo regular estudiante. Pero lo de ahora era mil veces peor. En mi vida había yo robado cosa alguna.

Sin embargo, lentamente, me fui serenando. Tenía que tranquilizarme, me repetía. Todo aquello, siendo lógicos, aplicando la precisión que yo gustaba emplear siempre en mi trabajo, no era más que un divertimiento urdido por mi descontrol imaginativo. Un juego estrafalario, a buen seguro. Pero nada más que eso. Había sustraído una bolsa, cierto, pero eso tampoco era nada irreparable. Ahora iba a limitarme a abrirla, con el exclusivo objeto de comprobar la vulgaridad de su contenido. La abriría, pero no cogería nada. Me aseguraría de que sólo contenía ropa deportiva, calzado, toallas, artículos de higiene personal. Sólo la abriría para eso, puedo jurarlo, para desechar mis imaginaciones y olvidar la historia. Después, dejaría la llave y la bolsa intacta cerca del gimnasio, en sitio bien visible, o se la haría llegar de vuelta a su propietario, propietaria a juzgar por su procedencia. Si esto me resultase demasiado complicado y el contenido, como sospechaba, no tuviese mayor valor, lo arrojaría todo a la basura. Si afirmo esto a estas alturas de mi vida, cuando miro atrás desde el futuro —o sea, desde la imposibilidad de cambiar el hecho—, reconocerían que el mentir ya no me reportaría ningún beneficio. Por lo tanto, crean en el relato. Crean, incluso, allí donde yo dudé. Inspiré hondo, corrí las cremalleras, registré el contenido. Ropa de mujer, ¿cabía esperar otra cosa? Ropa nueva, prendas interiores y ropa ligera de verano. Colores alegres, modelos recientes. Todo reluciente, sin estrenar apenas. Varias prendas tenían aún la etiqueta de las tiendas. Algunas tiendas eran de Nueva York. Nada extraño, a fin de cuentas. El gimnasio era un establecimiento caro; sus cuotas no estaban al alcance de cualquiera. Lo curioso era que no había ropa específicamente deportiva, a no ser que considerásemos como tal alguna pieza de ropa interior o alguna de las camisetas de tirantes. Ningún nombre, ninguna cartera o documento. Únicamente un monedero de cuero, de buena calidad. En su interior habría dinero, evidentemente, quizás alguna llave; decidí no abrirlo. Después de todo yo no era un ladrón, y tampoco un investigador, rezongué para mí mismo. Sólo era un fisgón, un infeliz que no sabía en qué despropósitos meterse para perder el tiempo.

Dejé el saquito de cuero con el resto del contenido de la bolsa, metí dentro de ella la llave del casillero, maldije mi curiosidad. Recogí todo, me levanté, dispuesto a dejarlo todo de nuevo a la puerta del gimnasio y salir por pies. O mejor: se lo entregaría al primero que saliese del gimnasio de marras, diciendo que lo había encontrado con la llave dentro, que yo también era socio, pero que tenía mucha prisa. O si no, ya se me ocurriría cualquier otra cosa, alguna excusa convincente...

De repente, cambié de idea, volví a sentarme en aquel banco. Abriría el monedero, ¡ya de perdidos, qué más daba! Estaba seguro de que no hallaría nada de interés, pero tampoco tenía por qué dejar nada por registrar. A fin de cuentas yo era un *voyeur* –aquella mujer no se había engañado tanto– husmeando en la intimidad ajena.

No bien lo abrí, pude darme cuenta, arrepentido, de que no podría devolverlo sin despertar sospechas, y aún menos tirarlo. Había dentro ocho cristalitos, negros como el azabache, pero con un brillo de increíble viveza. En la semipenumbra del sombrío parque parecían tener luz propia; incluso a través de la envoltura transparente de cada piedra, que velaba en parte su brillo. Los escondí, temeroso de que alguien me sorprendiera con aquellas gemas en la mano, y miré a mi alrededor, para asegurarme de que nadie me observaba. Estaba solo, respiré un tanto aliviado.

Pero, ¿qué iba a hacer ahora? Lo más singular era la forma de aquellos objetos; nunca había visto nada semejante; parecían estrellas. Las piedras tenían que ser artificiales, por lo poco que yo sabía del tema. Su forma era rara, absurda en exceso para ser simples minerales. Pero aquellas puntas tan finas no podían ser obra de algún orfebre. Cualquier piedra, por dura que fuese, incluso el diamante, se quebraría con una talla así. Sin embargo, lo más extraordinario no era nada de eso, ni lo extraño del lugar de su hallazgo, ni su imprevista hechura y lo inusual de su aspecto, ni siquiera la absurda o, cuando menos, improbable trabazón de acontecimientos –la persecución, la llave, el hurto– que había llevado estos objetos a mi poder. No, lo que más me impresionaba era la sensación que había percibido en cuanto mis ojos se posaron en ellos.

Alcanzado este punto, advierto que la verosimilitud de este relato va a resultar seriamente afectada, y, sin embargo, debo escribirlo tal y como lo sentía: *aquellas piedras estaban vivas.* No sabría, no podría explicarlo de otra manera. Por supuesto era consciente de su inmovilidad, de su aspecto mineral, inanimado, de su silencioso yacer pétreo y, no obstante... ¿me vería yo obligado a recurrir, con mi formación académica, con mi racionalidad finisecular de miembro de una sociedad materialista y científica, a términos como *aureola* o *emanación*?

Piensen lo que quieran; pero, por más que nos empeñemos en negarlo, hay, quizás, un sexto o séptimo sentido, adormecido bajo nuestros sentidos comunes, que nos alerta cuando nos encontramos con lo indescriptible. Y esa alerta estaba sonando en mi interior. También en esto, como en casi todo, soy escéptico. Pero la llamada de aquellas piedras era algo singular. Algo dentro de mí me impulsaba a retirar sus envoltorios y a acariciarlas y contemplarlas sólo para mí con la fe oscura del onanista. También algo, más intenso, tal vez unido a aquella atracción imperativa, tiraba de mí, al mismo tiempo, ordenándome que me levantase y huyese, abandonando todo para siempre sobre aquel banco del parque, los cristalitos y la extraña historia que había comenzado dos semanas y pocos días antes...

Sé lo que piensan, se equivocan. Nunca fui un paranoico, o un maníaco-obsesivo si lo prefieren. Nadie fue capaz nunca de detectar en mí ningún rasgo que revelase trastorno o desequilibrio mental, y aún tengo agallas para desafiar a quien lo haga. Sin embargo mentiría si les dijese que la angustia inenarrable, la suprema, mortal ansiedad de estos enfermos me es ajena. Yo empecé a sentirla toda en aquel banco del parque adonde jamás volví. Me debatí entre el miedo y el coraje hasta que me levanté, no sabría precisar si vencedor o derrotado, y corrí hacia mi casa con la bolsa de deportes robada y, dentro de ella, los ocho cristales negros, diminutos y extraños, y un universo de interrogantes abiertas por las que mi vida se iba a vaciar sin remisión, como agua torrentera abajo.

V

Le-Vivier-sur-Mer. El fondo de la bahía que el Mont Saint Michel corona a lo lejos, detrás de los arenales divididos con cuadrículas de *bouchots* en los que los mejillones crecen lentamente. Una carpa de fiestas, un toldo gris de tela, inmenso paralelepípedo elevándose en la planicie, justo al borde de la línea más oscura que marca el límite superior de la marea. Y en la carpa, una multitud, dispuesta en hileras sucesivas de mesas corridas y sillas de plegar, que se afana en dar cuenta de los manjares. El almuerzo es un bullir de gente, toda la comarca de La Rance está reunida.

También Rose-Juliette, Aristide, Marie y Jean-Paul. Jacqueline y su marido se fueron tras el almuerzo, que ya no fue tan amistoso entre los dos cuñados como la cena. No hay paraísos que sean eternos. Todo vino por sacar la política a relucir. Gustave estaba disparatando cuanto quería, y Jean-Paul no aguantaba tanto desatino junto. Así volvió a empezar todo. ¡Qué más da!, por algún sitio tenía que venir. La *maman* se disgustó y lloró. Jacqueline insistió en que no se iban por la disputa, sino por la necesidad inaplazable de supervisar los negocios durante el fin de semana. Fue Marie la que había insistido en ir a almorzar al Vivier. La madre debía descansar y distraerse, la hija amenazó incluso con dejar solos a sus padres si estos no los acompañaban. Jean-Paul se mostró de acuerdo. Al fin, fueron los cuatro.

Ahora ya están acomodados. Los padres frente a la familia Panouze, casualmente vecinos de Mont-Dol, también ellos solos y jubilados.

—¿Los hijos? En París y en Nantes, Rose-Juliette.

—Tampoco las ostras son ya lo que eran, ¿verdad, Aristide?

Marie toma de la mano a su hermano y lo lleva a un rincón de la carpa, mientras los viejos siguen quejándose.

—Ven conmigo, Jean-Paul, acabo de ver de lejos a una amiga. Quiero presentártela. También es profesora, de español. Fue compañera mía en Combourg.

—¿No estarás otra vez buscándome plan, Marie?

—¡Tonto! —se ríe ella, levantando la mano para darle al hermano una palmada cariñosa, cuando ya alguien, que se irguió al fondo, viene hacia ellos.

—¡Marieee! —grita y corre para abrazarla.

Es una mujer algo más alta que la menuda Marie. Morena, de pelo corto, vestida con *jeans* negros, grandes ojos oscuros, buena silueta, de formas femeninas bien marcadas. Aparenta unos treinta y cinco años. Es bien parecida, con una belleza más terrenal y más cálida; menos perfecta y gélida, que la de Dominique.

Jean-Paul se siente inmediatamente atraído por ella, tanto, que teme no ser capaz de disimularlo. En su turno de besos, tras las presentaciones de su hermana, tiembla como una vara verde, y cuando los labios de ella, Natalie, la conocida que Marie buscaba, rozan su cara, siente un escalofrío de pies a cabeza.

Allí queda inmóvil, notando aún el perfume de Natalie en su pituitaria, como una promesa o un anuncio de amaneceres en los que compartirán el rocío, sueña, escuchando su voz musical que da cuenta a Marie de las novedades. Vive en Rennes, ¿y cómo es que no se encontraron durante estos tres años, con lo amigas que eran y hallándose tan cerca? Cosas de la vida. No tiene hijos.

—¿Y con Henri, cómo van las cosas?

—*Comme çi, comme ça*, Marie. Ya ves, él está aquí conmigo, él y toda su familia, *bien sûr* —guiña un ojo cómplice—. ¿Y tú, sigues con Dennis?

—Ya no. Eso acabó hace tiempo —suspira, irónica—. *C'est la vie*.

Jean-Paul sigue allí quieto, estático como un pasmarote, atento al murmullo de la conversación entre las mujeres, hasta que Natalie, saliendo del vértigo comunicativo, parece advertir su presencia.

—Nosotras aquí, hable y hable como dos bobas, y tenemos al pobre de tu hermano aburrido. Bueno, tendremos que ir a comer algo, ¿no? Aún se nos van a amotinar las familias. ¡Nos vemos después! —y se despide con una sonrisa. Pero, ¿es imaginación suya o es que él no le resulta tan indiferente?, piensa Jean-Paul ante el repentino corte de la animada conversación. ¿No sería, acaso, esta interrupción un señuelo más para llamar su atención?

Porque su mirada seguirá la silueta de Natalie que se aleja, que se sienta al lado de un hombre algo entrado en carnes, de incipiente calvicie, Henri seguramente, y de gente de más edad, los parientes de Henri. Porque Jean-Paul estará tan colgado de ella como un pez del anzuelo, por más que se ría cuando Marie, siempre tan perspicaz, se lo comente.

—Qué, ¿qué me dices de Natalie? ¿A que te ha gustado?
—Me gustas más tú, hermanita, ¡estás para mojar el pan! –replicará, dándole un pellizco, no será sólo su mirada sino todo su ser el que ahora estará prisionero de ella, atrapado en su red de mujer araña que esperará el efecto del hechizo a la hora fatal de la sobremesa cuando las conversaciones se hagan más altas, más tibias, más soñolientas. Marie finalmente, tonteando con Yves, otro compañero de oficio recién hallado, se despistará un poco de él y Jean-Paul aliviado y ansioso a un tiempo, con miedo y con anhelo, dejará que sus pasos lo lleven allí al rincón en el que vio a Natalie por vez primera y con el corazón en vilo estará ella aún en su sitio como si lo esperase y será sólo una mirada fugitiva que se cruce entre los dos, ella que se levantará que irá al *toilette* de la carpa anexa, él la dejará pasar a su lado como si no la conociese, pero luego irá tras ella, de inmediato como quien no quiere la cosa, como si fuese realmente una coincidencia él también necesitará ir al baño y la suerte decidirá: hay tres puertas en el cuarto de aseo de mujeres y sólo una estará cerrada.

Jean-Paul mirará alrededor, nadie a la vista, es el azar quien gobernará con mano diestra; una oportunidad así no se volverá a presentar nunca más y entrará percibiendo lo excepcional de la situación como si estas cosas no pudieran pasarle a él, pasarle a cualquiera. Con paso inseguro como de niño, cuando buscaba el confesionario en aquella catedral oscura, casi vacía, inmensa, tan inmensa y él tan pequeño, pero ahora es hombre que acudirá al celo de mujer y al baño y a la distancia la entrada será pequeña, sólo tres pasos contados *¿Natalie?*, y la puerta que se abrirá acogedora y los labios de Natalie; frotará su pecho contra el de él sin mediar palabra, las espaldas del hombre contra la puerta el perfume y el sudor de ella penetrando por las ventanas de su nariz como una bendición del cielo, una droga dulce, un regalo del destino las manos que hurgarán bajo la cintura del vaquero de ella en el encaje de las bragas en la carne que palpita, sólo él aún así trastornado diciendo pese a todo *¡espera!*, cerrando el pasador de la puerta, precario refugio contra imprevisibles y probables interrupciones que en este momento maldito lo que les importan; las manos de ella aflojarán la braqueta respirando dificultosamente entre los besos y Jean-Paul le subirá la camiseta y morderá sus pechos blancos, los rosados pezones y Natalie le arrancará la camisa con rabia sin tiempo para desabrochar los últimos ojales, botones que caerán al suelo prueba testimonial de esta desigual lucha, y los *jeans* de ella arrugados hechos un ovillo con las bragas en una esquina, y ella, las piernas abiertas las nalgas a medias apoyadas en el depósito del agua de la taza, el vello rizado oscuro del pubis, los labios abriéndose húmedos, la vulva llamando a la verga tiesa de Jean-Paul, ansiosa por recibir sus embestidas duras y necesarias.

VI

Caminas sin rumbo hacia el sur, o hacia ninguna parte. Todas las casitas bajas son semejantes, revestidas de tablas de aluminio, con su césped cuadrado delante de la puerta por el que camparán las ardillas en primavera, con la blancura de los copos de nieve solidificados en los techos; se suceden milimétricas. El asfalto de la calzada se deshace en baches en los que la nieve derretida está cubierta por una delgada película de grasa, la piel del progreso. Traspasada la barrera de las calles comerciales de incesante ajetreo, hormigueros de actividad en este inmenso aparcadero nocturno de mano de obra, Queens se ofrece ahora como un descomunal vacío en la invernada. No encuentras una persona con quien cruzarte, exceptuando las pocas que se agitan hociqueando como topos en las bocas del metro. Pierdes la cuenta del tiempo. Es de tarde ya, quizás. Imposible saberlo bajo este cielo color grisáceo en el que todas las horas son idénticas.

Queens Boulevard se yergue ante ti como un muro, ocho carriles de ruido y automóviles que braman atronando el aire, cor-

tando tu camino. Imposible continuar; te detienes, buscando un paso subterráneo. Te fijas en el poste indicador, estás en el cruce con la 58th, el mall *de Queens Center a tu izquierda, el hospital de Saint Johns enfrente. Reconoces el lugar porque se halla en el camino del aeropuerto, en el repetido itinerario que recorres tantas veces cuantas vienes a Nueva York, pendiente siempre del tráfico y del reloj. Por fin das con el pasadizo subterráneo. En la otra orilla del río de automóviles, un viejo cinema de ladrillos ocres, reconvertido en tienda de video-juegos, eleva su vejez polvorienta, como huido de un cuadro de Hopper. En su techo, un andamio con erosionadas mayúsculas:* ELMWOOD *—pero ya no queda árbol alguno en este bosque— y un anacrónico depósito cilíndrico de agua de vitrocemento. A su lado, una pizzería, un* laundry, *un estacionamiento rodeado de alambres como si se tratase de una jaula.*

Hoffman Drive, la trasera del hospital. Contenedores de basura, letrinas, otro parking, *este de varios pisos. Un parque, el Hoffman, mínimo, urbano, detrás de otras alambradas verdes.* Homeless *que proclaman su miseria, o su libertad, ambas cosas, tirados en los bancos, entumecidos bajo el precario cobijo de los plásticos. Un parque infantil sin niños. Una docena de grandullones botando la pelota en una cancha de basket, como en un ballet zafio. Todo comienza a darte un asco insoportable, Xana, ¿qué haces tan lejos de casa? Aprietas el paso, casi corriendo tú también, buscando la tibieza salvadora de la boca del metro, oasis al fin de tanta desolación. Te abres paso hacia abajo, con tantas cucarachas humanas que huyen del frío al templado calor de las cuevas que los trenes recorren, incesantes lombrices que agujerean la hipodermis hueca de la ciudad.*

Otro gusano te devuelve a tu orilla del río, la de las luces de neón como hechizos que encandilan, la de limpieza de los dólares y el brillo de los estrenos, la de los turistas. Manhattan de niebla y de fría incertidumbre, tanto tienes tanto vales. Tú vales tanto como para poder pagar una noche en el Plaza, pegadito al Central Park, en el mismo corazón de la gran manzana. Parada en el hall *del hotel, sacudes ahora la cabeza, como queriendo barrer el rastro de tus pasos, meterte en el cerebro la idea de que no fuiste a Queens ni cosa que se le parezca, que no conoces las tiendas de Jackson Heigths según sus géneros, que sólo eres una azafata cualquiera de una compañía cualquiera descansando entre vuelo y vuelo. Pero queda la evidencia de la infamia, la pequeña bolsa de cuero con su peso delator entre los pechos. Como si no fuera suficiente el cansancio, las agujetas que hurgan por tus canillas, esa mirada extraviada que coge la llave de encima del mostrador sin identificar siquiera el rostro del portero, el ascensor que te deposita en el séptimo piso.*

Siete cero cuatro. Es la tuya. Apenas una ojeada tras los cristales velados por la condensación. En las calles de Manhattan, la capital del mundo, la capital del asco, la nieve hace montones en las esquinas, derritiéndose lentamente junto al paso ajeno de los extraños que transitan ágiles, como si en la prisa les fuese la vida, precedido cada uno por la vaharada de su aliento. Te derrumbas en la cama, tan ancha como tu soledad. Abres la bolsita de cuero y desenvuelves la punta afilada de uno de los cristales. Sólo una. La rozas con el dedo. Sin presionar, como una caricia leve, una ternura que se convierte en dolor vivísimo cuando el cristal como un colmillo de cobra se clava en tu piel y de inmediato pierdes la conciencia de la habitación en la que tu cuerpo aún respira, de quién eres, de todo, porque te estás precipitando en una caída libre sin freno hondo muy hondo y cierras los ojos y el vértigo no cesa rebota dentro de ti como la muerte o el latir desacompasado de un corazón dentro de tu pecho con un ritmo que no reconoces o el ahogo de los pulmones que se asfixian y abres los ojos y todo es horroroso como si girase a tu alrededor como en una noria y pronto se va aposentando y remite la náusea que ascendía dentro de ti como una ola y ahora estás en el suelo de tierra tirada en una estera y tu piel en esta ocasión es oscura y tu cuerpo esbelto más joven apenas rebasó la pubertad y los pechos más pequeños y la vieja se te acerca con el cuchillo de corte afilado y el mango es de madera y la mano que lo lleva arrugada como una uva pasa que sólo las líneas firmes de los tendones y de los huesos aguantan y hay más mujeres allí sujetándote y tú te estremeces empezando a comprender apenas y te revuelves pero no puedes huir porque tus acompañantes todas más viejas que tú todas con el cabello cubierto te sujetan y la vieja viene hacia ti y la mano viene contra ti tus piernas separadas y vuelves a gritar pero una de las mujeres te introduce un pañuelo en la boca y los gritos se ahogan en la garganta y tú sintiendo ya el dolor anticipadamente cuando la otra mano de la vieja juega con tu clítoris estimulándolo para que la sangre venga y se agrande diestramente como quien sabe lo que hace y tú sin poder cerrar de nuevo los ojos abriéndolos como si pudieras despertar pero estás despierta ya y todo es real tan real y tan consistente como la consistencia metálica del cuchillo el acero de fábrica no africana lo único no africano quizás de la estancia en que tiemblas inútilmente porque nada puede la debilidad de la carne mortal contra los preceptos divinos porque el clí-

toris y los labios pequeños de la vulva son haram *y el cuchillo hiende la carne la carne tuya y la sangre la sangre tuya vertiéndose como un manantial y el dolor tanto dolor tanto dolor tanto dolor rabioso que no cabe en las palabras y el acero cortando y la inconsciencia salvadora por lo menos un instante un instante fugitivo en el que te sientes morir y la felicidad es tanta por lo menos la muerte no puede doler no de esta manera pero recobras el conocimiento y ahora es aún la infibulación las espinas traspasando la carne abierta del coño siete espinas y volver a morir con cada una sentir cómo hiende cada punta afilada la carne del labio mayor de cada lado y después el hilo oprimiéndolos el uno contra el otro hasta que toda la vulva es sólo una cicatriz sanguinolenta y la vieja coloca sobre la mutilación una pasta negra para contener la hemorragia y las otras mujeres te van envolviendo las dos piernas juntas como una funda desde los tobillos a la cintura y tú caes de nuevo en la profundidad de los abismos por donde llegaste y el vértigo y el repicar salvaje del corazón al barrerse de tu vista el ahogamiento las lágrimas que empapan tu cara el sudor frío la colcha de la cama del hotel Plaza en Manhattan mojada como si hubiera llovido sobre ella y fue sólo tu sudor tu llanto tu ansia tu miedo este cuerpo que tiene otra vez de vuelta menos melanina y más años y tu forma y las manos libres la ropa que vistes las piernas que puedes separar para llevar maquinalmente las manos a tu entrepierna antes de pensar siquiera en lo que haces para comprobar efectivamente que no hay costuras ni espinas ni hilos que la cierren que la carne está intacta más de lo que tú misma estás por dentro que tu dedo índice está ya a unos milímetros de la punta afilada del cristal oscuro y que en la yema sólo una minúscu-*

la casi imperceptible marca de una punzadita que pasará inadvertida para todos excepto para ti misma será el único testigo físico transitorio de este viaje al infierno si no fuera que hay otras cicatrices más profundas que las de la carne y que nunca serás capaz de dejar atrás.

VII

Los coches zumban con un ruido que a fuerza de infernal le resulta atrayente como un imán los ojos prendidos en el fondo del pozo donde el humo lo negro la vaharada de aire subiendo por las paredes sucias la luz que se hace opacidad sorbida por la esponja del abismo todo parecerá invitarla a dar el salto el último el definitivo brinco para esquivar la red caer diez metros y pico más abajo ser aplastada por las ruedas y que la llamada oscura del abismo susurrando en la sustancia de su cabeza morir de una puta vez y qué a quién coño le va a importar no a Henri en todo caso no más de lo que le vaya a afectar a su reputación sólo unos segundos de indecisión y después todo habrá terminado parece tan sencillo levantar la pierna derecha por encima de la baranda pasar a continuación la otra y luego ya todo el cuerpo fuera mirar de frente al vacío a la precariedad de la red metálica dispuesta como insegura precaución contra los suicidas y que paradójicamente fue lo que la forzó a mirar al barranco acogedor y mortífero a los coches que humean a los excrementos junto a las paredes del túnel que espera abajo para devorarla para engullir su cuerpo enfermo sus sesos todo lo que fue de súbito no va a ser no será nada como si no hubiera existido siquiera una mancha contra el asfalto de la carretera apenas un pequeño impulso para salvar otra paradoja la red y después el final la nada mirará al abismo Natalie y se reconocerá en él a fin de cuentas el abismo está dentro de ella no afuera y caer en él es sólo retornar a la nada primigenia a su lugar originario al no ser de donde a lo mejor no es cierto tal vez no debiera haber venido a la existencia quién sabe.

A Natalie nunca le había resultado atractiva la idea del suicidio, por lo menos nunca antes de hoy. Jamás hasta este preciso instante en el que mirará la esquina de esta plaza, el rincón más escondido de la vastedad empedrada que preside la catedral gótica, Saint-Gatien, de arcos superpuestos. Aquel rincón, casi oculto por unos setos, tiene poco interés, excepto para los suicidas, a juzgar por la red previsora. Natalie tropezará con él mientras camina por la plaza de Tours, la ciudad de San Martín y de Bergson, mientras la recorre sin rumbo y sin objeto, como podría hacerlo en cualquier otro lugar del universo. Porque ya no habrá camino para ella desde que comprenda que todo, el sexo, la vida, la muerte, tendrá el mismo valor: cero. El único valor, el de la casualidad, el aleatorio, la fugacidad del tiempo que deja apenas instantes fugitivos de placer o de asco. Nada más.

La revelación vendrá poco a poco, como quien no quiere la cosa: primero un bultito en el pecho, después la mamografía y la eliminación para evitar posibles complicaciones, pero por suerte no habrá que llegar a la extirpación completa. Los cirujanos harán bien su trabajo; sólo una pequeña cicatriz, casi imperceptible, bajo el pecho izquierdo recordará el filo del bisturí. La quimioterapia, finalmente, comenzará a borrar todo rastro de la enfermedad, exceptuando lo que acontecerá en la personalidad de Natalie en el transcurso del proceso, cómo se replanteará todo, su trabajo, la relación con Henri que, por comodidad, suponía asentada en el amor y que no tenía base si descartamos la costumbre, las pesquisas sobre su propia identidad ¿Quién soy yo? ¿Qué tengo de propio aparte de un matrimonio, una cuenta bancaria, un puesto para enseñar literatura en un colegio? ¿A dónde voy, si es que voy a alguna parte? Preguntas que no tendrán respuesta más allá de las recomendaciones de los amigos y conocidos de que sería conveniente que visitase a un sicólogo, puesto que los procesos oncológicos, aun superados en el aspecto físico, pueden traer consecuencias insospechadas desde el punto de vista sicológico.

La revelación culminará en un coito impropio, brutal, inesperado. Jean-Paul no adivinará la marca de su herida, la cicatriz bajo el seno que evidencia un antes y un después en su vida. Antes nunca jamás le habría puesto los cuernos a Henri. Y cuando, días más tarde, parada en Tours, al lado de la baranda metálica ennegrecida y del abismo que la espera, se pregunte por qué no lo hizo antes, no podrá encontrar una razón válida. Seguramente no hay una respuesta, más allá de la comodidad y la costumbre. Tampoco esperará encontrarla. A esa altura, Natalie ya no creerá en el amor. Los hombres no tienen ojos más que para lo que les conviene. Y ella, en ese caso, también podrá hacer otro tanto. Advertir la mirada de codicia, de deseo, de Jean-Paul posándose en su cuerpo, provocarlo, insinuarse con la mirada apenas y, no obstante, saber que él vendrá tras ella, como el perro al olor de la hembra; no podrá ser de otro modo. Sexo químicamente puro. No habrá más palabras entre ellos que aquel *espera* de Jean-Paul antes de echar el cerrojo a la puerta del escusado. Pasada la furia de los abrazos, de los fluidos corporales mezclados, de los besos mordidos con ansia, del choque intenso de los cuerpos, se despedirán sin mediar una sola palabra más que pudiera hacer durar, tal vez, lo que sólo es fruto del instante. El hecho de que sea precisamente el hermano de Marie, la que fue una de sus mejores amigas, no va a importar. Porque Natalie ya no tendrá amigas. Natalie será otra, no la Natalie que Marie había conocido y tratado, aunque pudiera fingir que sigue siendo la misma. Son muchos años representando el mismo papel. Sólo que ahora ya no hay nadie para quien representarlo. El suyo será desde ahora un drama sin público. Estará sola, completamente sola, no más de lo que había estado antes, pero sí más consciente de la soledad, más lúcida, con este fulgor repentino en el pensamiento. Como quien estuviera a punto de morirse y comenzase lo que llaman la paradójica mejoría de la muerte.

Morir, pero no todavía, no ahora, no en este momento, decidirá soltando la mano que sujeta la oxidada baranda.

Cuando la vida y la muerte tienen el mismo valor, o sea, cero, dará lo mismo que transcurran unos días más, permitir que sea el azar quien gobierne. ¿Por qué no? Cuando los vínculos con la vida del común de los mortales sean únicamente las escasas pertenencias —una bolsa de viaje con algunas mudas, un mapa de carreteras de Europa, una carpeta con documentación— contenidas en un Renault Clío verde manzana, estacionado en cualquier calle periférica de Tours que sólo recordará vagamente. Viajará a la deriva, casi sin equipaje. Eso, lo puesto y cuarenta mil francos. Ni tarjetas de crédito ni cheques, ¿para qué más dinero cuando está segura de que no tendrá tiempo para necesitarlo? Henri quedará satisfecho, feliz, con su firma en cuanto documento quiso. Papeles que acreditarán su marcha libre y voluntaria, su renuncia a todo cuanto pudiera corresponderle del patrimonio mueble e inmueble.

—*Ahí se quedan, tú y tu patrimonio, púdranse los dos* —Henri no lo entenderá. No podrá concebir que el arrepentimiento, el perdón o el matrimonio le sean ahora completamente ajenos.

—*No te conozco, Natalie, te comportas como una puta. Te has vuelto loca, ¿fue ese hombre del Vivier, no?*

Pobre Henri, apocado, nunca será nadie. Incluso ahora, en Tours, Natalie sonreirá al recordarlo: —*¿Para qué perder el tiempo con explicaciones?, si lo entendieras no necesitarías explicaciones, pero como no podrías entenderlo, las explicaciones tampoco te servirían de nada.*

Jean-Paul no tuvo que ver. Por más que fue una buena cogida, mejor que todas las de Henri juntas, noviazgo incluido. O, a lo mejor sí, pero no se irá por eso. Tampoco fue esta porquería de cáncer que lleva dentro, no sabe si muerto o adormecido, y que terminará quizá, un día u otro, por dar cuenta de ella. O tal vez no. Acaso fue todo junto, todo eso y el resto. Lo que no se cuenta o lo que no se sabe.

—*Ya todo me da igual, Henri, pero si te va a servir de consuelo, con todo, te diré que no estoy enamorada. Tampoco me fui con él por dejarte en evidencia delante de los tuyos. Sé que te preocupa más el escándalo que yo misma. Pero no te preocupes. No volverás a verme nunca más.*

La vida es siempre un camino sin vuelta, sentido único. Para Natalie, Rennes se quedó ya lejos, infinitamente más lejos que los doscientos veinte kilómetros recorridos. También Tours se quedará atrás muy pronto, nada habrá aquí que la retenga. Siempre habrá otros precipicios, otros viaductos, otros puentes desde donde arrojarse al abismo. Mas, antes de partir, convendrá consigo misma en darle una última oportunidad al destino. Cuando todos los caminos del mapa son intercambiables, cuando los cuerpos son equivalentes, deberá ser el azar quien determine cualquier itinerario. Natalie seguirá al primer grupo de turistas que pase junto a ella, subirán las escaleras de la catedral, se adentrarán en la ciudad vieja. Será la primera persona, decidirá, como en un juego de niña —el final y la infancia se parecen en un curioso artificio de espejos o de trayectorias simétricas— la primera persona con la que casualmente hable será quien resuelva el rumbo que tomarán sus pasos.

Para su sorpresa, ninguno de los miembros del grupo la interpela. Aun cuando todos adviertan su presencia repentina en la excursión –Natalie es más joven, viste de otra manera–, no hay quien se atreva a romper el hielo y arriesgarse a una contestación poco cortés de la desconocida. Así recorren varias calles, los visitantes hablan entre sí, como si la extraña no estuviese o fuese invisible a sus ojos. Finalmente, entrarán todos en un bar; será un mesón abierto en una antigua casita de piedra, bien restaurada, con un pequeño soportal y mesas dispuestas delante de la entrada.

Estará en una calle estrecha, enlosada, casi desierta si se exceptúa el grupo que se acomodará en la terraza hasta ocupar todos los asientos alrededor de las mesas. Natalie entrará y se colocará en la barra, ocupando su lugar al pie de la reproducción de un antiguo itinerario. Mirará el mapa, *1648*, a falta de otra cosa mejor que hacer.

–¿Le interesa el camino de Santiago, señorita? –pregunta el camarero al acercarse a ella, por entablar conversación.

–Sí, allí voy, a Santiago de Compostela, precisamente –contestará la mujer con absoluta seguridad, leyendo el título enmarcado por la cenefa en la esquina superior izquierda de la carta.

VIII

Caminé deprisa hacia mi casa desde aquel parque, sin poder apartar de mi mente, ni por un momento, la agobiante sensación de estar siendo vigilado por ojos ocultos y despiadados. Aquellos cristales negros dentro de la bolsa deportiva eran los ojos. No podía dejar de ver delante de mí los cristales oscuros, negros como la noche, resplandecientes bajo su celofán. Parecían atraerme, como si todo mi cuerpo estuviese hecho de hierro y ellos fuesen potentísimos imanes. Estaba excitado, como nunca antes en la vida lo había estado, presintiendo el horror supremo y el pánico, notando cómo medraba en mí la codicia, el ansia de acariciarlos. Era algo casi sexual. *Necesitaba aquellos cristales;* los necesitaba desesperadamente, por más que nunca los hubiera visto antes y no pudiera precisar, ni remotamente, las causas de tal deseo.

Entré en casa, sin detenerme con nadie ni con nada. Eché dos vueltas de llave a la puerta detrás de mí, corrí el cerrojo. Intenté pensar con serenidad, pero me fue imposible. La excitación podía conmigo. De todos modos, me di cuenta de que llevaba ya bastantes días sin llamar a mis padres y sin acudir tampoco a verlos a la playa. Así que, antes de nada, los llamé por teléfono. Creo que fui capaz de mantener la compostura durante la conversación, lo suficiente como para hacerles creer que todo marchaba bien, pero la necesidad persistía, se acrecentaba a cada paso. Mi necesidad de ver los cristalitos negros era ya imperiosa.

Allí estaban, abierto el monedero, sobre el mármol de la mesita del salón, próximos al cenicero. Ocho gemas de ocho puntas. Diminutas, afiladas y perfectas. Me decidí y rompí el celofán de una de ellas. Acerqué mi mano. Sólo llegué a rozarla y noté una punzada de fuego, como un alfiler vivísimo. Después el mundo se desvaneció a mi alrededor. Me sentí morir. Me derrumbé tendido en el sofá, cuan largo era. Sin fuerzas, sin aliento, como mordido por una víbora. Todo en torno a mí era borroso, confuso, un pozo oscuro e interminable. No podía centrar la vista en nada, mi propia mano derecha me era ajena; mas notaba el vidrio, oscuro y maldito, prendido en mí, soldado a mi carne, chupando de mi sangre y de mi ser. Robándome la vida.

Fue sólo un instante en que ya no era yo, ni era nadie. Unos segundos, o fracciones de segundo tal vez, sin identidad. Darío Gancedo se volatilizó como se derrite la mantequilla sobre la plancha ardiente, el yeso arrastrado por el trapo, la humedad bajo el sol abrasador del mediodía. Desaparecía yo y en instantes quedaba la nada. ¿Cómo podría describir lo que sentí, la monstruosa disolución de cuanto yo era? Cien años no serían suficientes. Era una sensación aterradora, de pánico indescriptible. Así debe ser la muerte.

    Nunca podré olvidar aquella angustia, tampoco el pavor que la sucedió cuando constaté lo que me ocurría. Miré mi mano y no era la mía. Era una mano pequeña, infantil. Uñas rotas, mordisqueadas, arañazos, manchas de tinta. Miré mis piernas, tampoco eran las mías. Eran piernas flacas de niña, heladas bajo una saya corta y remendada. Cubriendo hasta las rodillas, dos pares de toscos calcetines de lana que no bastaban para combatir el intenso frío de la habitación, gruesos zapatones con plataforma de goma. Miro alrededor: somos una docena de niños, algunos aparentan seis años, y otros algunos más. Todos somos delgados, todos con remiendos. Soy una niña, tengo diez años. Soy Amara. No tengo apellido. Tengo frío, los cristales del aula están rotos y en su lugar hay plásticos rojos con la palabra Acnur y un logotipo. La pizarra está desportillada, cojos los pupitres. Todo es oscuro, sucio y viejo. La maestra tiene el rostro cubierto de arrugas, la bata llena de manchas. Los pantalones de pana, bajo la bata, le quedan flojos, como si hubiera perdido mucho peso. Hay mallas metálicas detrás de las ventanas y puertas. En el piso, el cemento áspero con manchas de cola sobresaliendo en perfecta cuadrícula; es fácil saber a dónde fue a parar el entablado de madera. Su olor llena el aula, hace toser, la estufa de leña hace mucho humo. Calienta poco. Tengo frío, tengo hambre, tengo miedo. Todos sentimos lo mismo, plomo encima de nosotros. Somos niños y no reímos.

No tenemos nada de qué reírnos. La maestra abre la puerta del aula. Se asoma. Manda que salgamos.

No quiero salir, tengo miedo. Pero debo hacerme la valiente. Llevamos muchas horas encerrados. El suelo del patio es de grava sucia y desigual, salpicado de montones de nieve y charcos. El sol brilla pero no calienta. Hay olores extraños en el aire, entre dulces y asquerosos. El patio es cuadrado, rodeado de tela metálica por sus lados; son mallas como las de adentro, pero más altas. El cielo azul tiene una intensidad cobalto que lastima en los ojos, acostumbrados a la luz escasa del aula. Algunas nubes deshilachadas como fibras de algodón. Comenzamos a correr en diagonal cruzando el descampado, hacia la puerta abierta entre los alambres que otra maestra sujeta, manteniéndola abierta. Más allá de la puerta, el barrio, nuestras casuchas miserables.

Corremos sin aliento, tirando de nuestras piernas como si quisiéramos arrancarlas de la cintura. Pero no es un juego. O, si bien se mira, sí, un juego sin premio y con castigo. Un juego sin ganadores, sin compasión para los que pierdan. Un ruido sordo, silbante, el sonido que más odiamos. Jadeamos, pero nos es imposible correr más. No podemos. La granada estalla, a nuestra derecha. Un intenso olor a azufre, las esquirlas blancas del fósforo volando como chispas. Hay que correr más, pero no podemos. *No podemos.* Miroslav tiene doce años. Corre delante de mí. Corría, ahora salta por los aires, como un muñeco desarticulado.

Su sangre me salpica. Veo volar jirones de su camisa, mariposas blancas agitadas por la onda expansiva. Estoy muy lejos de la puerta. Lejos de la puerta. Tengo que seguir corriendo. Las piernas no dan más de sí. Otro silbido, otra granada de mortero que va a caer. Voy a morir. La granada cae a la izquierda, lejos. Estamos llegando a la puerta. Suca tiene ocho años. Es la segunda de la fila. Suca tiende la mano hacia los alambres y tropieza, cae en el suelo, su pierna izquierda sangra a borbotones. Fue la metralla. La maestra la arrastra hacia afuera. Improvisa un torniquete para cortar la hemorragia. Suenan las sirenas de alarma, el traqueteo de las metralletas, el zumbar de los aviones en vuelo rasante que anulan el resto de los sonidos. Estoy ya en la puerta de alambres, la traspaso. El olor denso, azufre y sangre mezclados, penetra por las ventanas de mi nariz, me da arcadas, entra dentro de mí, me revienta las sienes, las piernas no pueden ahora conmigo. Me deslizo vertical, contra el suelo de nieve y arena. Me siento morir, por segunda vez. El paisaje desaparece a mi alrededor. Cierro los ojos, es la misma sensación de estar precipitándome en el vacío, caída vertiginosa hacia la nada, aceleración despiadada que hace presentir el impacto.

De repente, todo cesa, silencio que me da dolor de oídos. Lleno de miedo, asustado, temblando por lo que pueda esperarme aún, abro los ojos. Estoy de vuelta. Soy Darío Gancedo, echado en el sofá de mi casa. Pero *fui* Amara, corriendo bajo las granadas. Las imágenes de lo *vivido* —escribo vivido con plena conciencia, con la certeza fatal de que nada pudo ser sólo imaginado— el olor espeso persistiendo aún en la pituitaria, el zumbido de los aviones y los truenos de las bombas, hondas huellas en el tímpano... Nada fue alucinación o sueño. La nitidez de las sensaciones, su persistencia, me asombra.

Todo fue real, nada tuvo que ver con pesadilla alguna. El realismo de lo vivido no se parecía, de ninguna manera, a la inverosimilitud perceptible en la ensoñación. Incluso los sueños más intensos esconden alguna incoherencia que la mente despierta identifica. Pero mi sique se resistía, tozuda, a clasificar la experiencia como sueño. Allí estaba yo, encima del sofá, en el mismo lugar de minutos antes, y no obstante... No podía ser. Mi espíritu se debatía entre una doble certeza: la de haber sido yo otro —otra, para ser más precisos— pocos minutos antes, y la evidente imposibilidad de aceptar como verdadera tal cosa. Si el raciocinio quería afianzarse en lo segundo, perdía pie de continuo, como chapoteando en un sustrato cenagoso, para venir a caer fatalmente en lo primero, por irracional que pudiera parecer.

Contra facta, nulla disquisitio. Contra los hechos, no valen las conjeturas. Es sentencia de antiguo sabida. Aunque desgarrado por dentro y tambaleantes mis, hasta aquel momento, firmes convicciones sobre la propia identidad, no podía, en puro empirismo, rechazar la desquiciante perspectiva que se abría ante mí, aterradora. El cristal negro yacía en el suelo, a escasos centímetros de mi mano, presto a perforar la piel de nuevo. Lo miré con recelo, acababa de comprobar su poder. No era un mineral, como había sospechado. Me hice con unas pinzas y un plástico, lo envolví otra vez con cuidado, como si fuera nitroglicerina.

De hecho, era algo más peligroso que cualquier explosivo. Era la entrada al interior de los otros.

En la yema de mi dedo índice estaba la diminuta huella del pinchazo, ahora taponado por el coágulo. Pero dentro de mí estaban las extremas sensaciones vividas, clavadas con tanta o más fuerza que las que hasta entonces había considerado mías y personales. Aquel pequeño cristal era la clave, el acceso a la porción de vida ajena que acababa de vivir, la puerta a otras impensadas e instantáneas identidades, la llave que abría la cárcel del propio cuerpo para vivir otras vidas.

No sabía nada de su funcionamiento, mecanismo u origen. Pero *sabía* una cosa, con la certeza que sobrepasa cualquier explicación lógica, igual que la vida real transciende todos los axiomas. Sabía que cuanto acababa de experimentar era un fragmento de vida real, un pedazo de vida ajena. Más intensa que cualquier alucinación o ficción producida por cualquier tipo de droga sicotrópica imaginable. Amara existía, o había existido cuando menos. Amara *era* yo. El efecto del maldito cristal sobrepasaba lo concebible, rayaba en la esquizofrenia. Yo ya sería un poco Amara para siempre jamás.

Intenté dormir y no pude pegar ojo. Ya nunca podría olvidar, presentí en aquel momento. No *podré* olvidar, confirmo hoy. La memoria de lo vivido morirá conmigo.

Al día siguiente, me levanté temprano. Era domingo y no pisé la calle, absorto en el análisis de todo lo que me había ocurrido en los últimos días. Abusé del café negro, en un infructuoso esfuerzo por despejarme. Aquella que estaba concluyendo no había sido precisamente una noche de descanso reparador. Había reflexionado hasta la extenuación, sin ser capaz de conciliar el sueño, sobre los extrañísimos cristales y su posible causalidad o coincidencia en la persecución automovilística. Cuanto más lo pensaba, más clara se me antojaba la relación. Fueran lo que fuesen aquellos vidrios, tenían que ser, por fuerza, artículos costosísimos, lo suficientemente importantes como para llevar a cabo, por su causa, un secuestro o incluso —me estremecí apenas comencé a vislumbrar la dimensión del problema— una muerte. O muchos secuestros y muertes. La disputa por los diminutos y alucinantes brillantes negros. Eso podría explicarlo todo: lo encarnizado del acoso y su extremo sigilo.

Por un segundo, en ese momento fugitivo de la vigilia insomne en que el pensamiento, cansado de divagar, parece captar las explicaciones últimas de los episodios, una y otra vez revividos y analizados en la interminable longitud de las horas robadas al reposo, había urdido una trama fabulosa, hilvanado —aunque fuese con puntadas bastas— los diversos retales. La mujer que había visto, casualmente, huyendo en su auto y apresada luego —y mujer debía de ser, por más que la rapidez de los hechos y mi difícil perspectiva no me permitieran asegurarlo, a juzgar por el hallazgo de su bolsa en los vestidores femeninos del gimnasio—, ella era la poseedora, legítima o accidental, de los demoníacos cristales. Y eran estas gemas, precisamente, el objeto que sus rabiosos acosadores perseguían. Eran muchas las interrogantes que había en este novelesco planteamiento: las identidades de los actores, las causas del conflicto entre ellos y la mujer, la naturaleza exacta de los cristales... Infinitos etcéteras que ahora, bajo la luz esclarecedora del amanecer, me hacían dudar de tantas y tan aventuradas cábalas.

Mas era inútil negar la evidencia, *contra facta*... Cuanto yo había sentido al contacto de aquel cristal superaba cualquier divagación, por delirante que ésta fuese. Pero no tenía por dónde empezar a investigar nada. En aquella bolsa deportiva acababan todas las huellas que yo podía seguir. No había manera de dar con la mujer que yo no había llegado a ver, con los automóviles cuya matrícula ni siquiera había retenido, o con el origen de los misteriosos cristales. No había por dónde tirar, no había...

¿No había realmente? La imagen del logotipo impreso en la bolsa deportiva que yo había robado me asaltó súbitamente el lunes, de camino a mi trabajo diario en la gestoría, después de un largo día de cavilaciones y de una noche de relativo sosiego. Ya había dado por imposible toda investigación; la excitación y el pánico de las primeras horas se habían calmado un poco. Los cristales negros estaban bien escondidos en el fondo de un cajón, y yo, a falta de nuevas vías por las que caminar, había conseguido ir pensando en otras cosas.

Pero mi inconsciente había, por lo que parecía, continuado trabajando con el problema. Como la carta en el relato de Poe, el objeto más buscado, la huella que me abriría una nueva vereda, había estado siempre delante de mis ojos, visible en el exterior de aquella bolsa deportiva. El logotipo de una conocida línea aérea, unido a las etiquetas de las tiendas de Nueva York que mostraban varias prendas, conducía a una hipótesis que no parecía, por lo pronto, un desatino: ¿no sería la mujer perseguida azafata de aquella línea aérea, y por lo tanto viajera habitual de Nueva York? Evidentemente, la mujer misteriosa podía ser sólo una visitante ocasional de esa ciudad. En ese caso, la pista no tendría ningún valor. Mas merecía la pena contrastar la primera de las posibilidades. Tampoco disponía de ninguna alternativa. Y podía hacerlo fácilmente, siempre que pudiese entrar, manipulando la red informática con la computadora de mi trabajo, en la base de datos del gimnasio, a la busca de mujeres que tuviesen como profesión la de sobrecargo de esa línea aérea.

Aproveché el momento en que casi todos mis compañeros de trabajo habían salido a tomar café, a media mañana. Fue relativamente fácil. Me introduje en la base de datos del gimnasio en cuestión, desde su página publicitaria en Internet. Utilizando varios códigos restringidos, no públicos, pero que yo conocía por mi ocupación estival, accedí a su registro actualizado de socios. Había seis mujeres que figuraban en él con la profesión de azafata aérea. Descarté a una de ellas, porque el mismo fichero especificaba que llevaba varios años en excedencia. Imprimí los datos de las otras cinco. Luego borré, en la medida de lo posible, mi incursión en el sistema informático de sus registros de acceso.

Tardé un cuarto de hora en completar todo el proceso; aquellas horas centrales de la mañana eran las de máxima saturación de las líneas y las respuestas de la red se ralentizaban. No obstante, esa misma sobrecarga favorecía mis propósitos. Era muy improbable, pese a que no estaba seguro de haber eliminado completamente los vestigios de mi pesquisa, que alguien pudiese reconstruirla. Aquel papel doblado, con las cinco direcciones que había obtenido, me pareció, durante las horas que siguieron, un peso insoportable en mi bolsillo.

Al mediodía, conseguí por fin despistar a mis colegas de trabajo. Comí solo, en un bar al que no solía ir. Estudié las cinco fichas. En esos momentos, vi que convendría descartar otras dos. La línea aérea en la que trabajaban sus titulares —hasta entonces no había reparado en que también contenían este dato— no se correspondía con el logotipo del saco deportivo que yo tenía en casa. Quedaban tres: ¿Cuál o cuáles de ellas viajarían a Nueva York?

Llamé al aeropuerto. Contestó una operadora en la línea de información de la compañía que yo trataba de investigar. Fui derecho al asunto. Luego de los preliminares y de las disculpas, me identifiqué como directivo del banco y apelé a la más absoluta confidencialidad, indicándole que ésa era la razón que me hacía utilizar un teléfono particular para una extraña consulta. Le recordé que la cuenta de mi entidad con su línea aérea era abultada, pues nuestros ejecutivos volaban continuamente con ellos —había comprobado previamente este dato en Internet. Aquella historia me abrió las puertas.

—Perdone, señorita. Tengo un pequeño problema. Por razones personales, desearía contactar con una de sus tripulantes, a la que conocí en un vuelo...

—Lo siento, pero no podemos dar ese tipo de información.

—Lo sé, disculpe. Sólo le voy a pedir un único dato. Usted, sin duda, lo conocerá: Xana Gómez, Penélope Ricard, Antía Salcido. Una de estas tres azafatas, cuando menos, viaja habitualmente a Nueva York. Las tres pueden ser la que busco. Sólo preciso saber este detalle.

No hubo respuesta.

—Escuche —insistí con mi tono de voz más persuasivo, si bien educado—, sabe que puedo obtener esta información por otra vía. Sólo que es urgente, y no quiero recurrir a la jerarquía de su empresa. Entiéndame... es un asunto muy personal, se lo repito. Y me temo que, si no colaboran, nuestra entidad deberá interpretarlo como una descortesía.

—Espere un momento, por favor —me pareció que la telefonista, dudosa, consultaba con alguien—. Lo siento, no puedo darle esa información.

Seguí insistiendo, y ya estaba a punto de desistir, cuando finalmente obtuve algo.

—Lo único que le podemos decir, ateniéndonos al reglamento —concedió ella, después de nuevas consultas— es esto: las dos últimas personas que usted nombró no han hecho vuelos transoceánicos en el último año.

—Gracias, señorita —era suficiente.

Tenía que ser Xana, por eliminación. De no ser todo mi planteamiento indagatorio un inmenso error, ése era el nombre de la fugitiva. Xana Gómez Reboredo. Treinta y cinco años. Nacida en Lalín, provincia de Pontevedra. Azafata. Una dirección. Un número de teléfono. Era todo cuanto tenía, esto y un listado de sus aficiones deportivas y las cuotas del gimnasio. No había fotografías en aquel banco de datos, o, por lo menos, yo no había sido capaz de acceder a ellas. Sólo podía hacer dos cosas para seguir adelante con mi delirio detectivesco. Una, dirigirme a la dirección de Xana. Llamar a su número de teléfono, la otra. En aquel momento, las dos se me antojaron terriblemente peligrosas, fuera de mi alcance.

Aún así, el peligro me tentaba. Todo cuanto me iba aconteciendo, sucesivo, en esta historia me impelía a abandonar mis prevenciones y a sumergirme en los avatares que acudían a mi paso. Sobre todo, la desconocida Xana me seducía. ¿Cómo sería? ¿Por qué tenía aquellos raros cristales negros? ¿Quién la perseguía? Alargué la mano, de nuevo, hacia el teléfono, en aquella cabina. Mas, de repente, vacilé, me asaltó el miedo. Pensé que me iba a enfrentar con algo tan poderoso que, a lo mejor, podría de inmediato devorarme sin dejar rastro. Reuní el coraje suficiente para decidirme a abandonar todo aquello. Cuando esa tarde terminé el trabajo, volví a casa dispuesto a olvidarme del asunto para siempre y a borrar todas sus evidencias. Me dispuse a abrazar, otra vez, la seguridad monótona del hastío y la rutina que, hasta esa época, había sido mi vida.

IX

Las autopistas no tienen historia, si exceptuamos la de su ausencia de raíces, por más que los nombres, en un esfuerzo inútil, se empeñen en diferenciarlas vagamente. *L'Aquitaine, A-10,* ciento seis kilómetros de una cinta interminable, como hecha con tiralíneas, entre Tours y Poitiers. Natalie se desvía por la primera indicación. Un área de servicio idéntica a todas, tierra de ninguna parte con ser de cualquiera. Completa el combustible de su automóvil y entra en el edificio, con menos apetito que ansia de matar el tiempo. Carteles impersonales comunican las ofertas del día en el autoservicio y en los dulces típicos de la región. Come sola, en una mesa apartada, sin hambre y sin prisa; se entretiene aún mirando enmarcado, aquí también, como una maldición repetida, el mapa inevitable del camino. El camino francés de las cuatro vías convergentes, el derrotero de su falso camino, pues ella no viaja, en el exterior de la envoltura metálica de su vehículo es el paisaje el que muda, en este itinerario absurdo en el que

Natalie no acaba de reconocerse. Ella, ajena a la lógica intersecular del turismo, ya no tiene nada que consumir (abomina de las postales y las tiendas), tan escéptica en su agnosticismo, contrapuesto al sentido de esa ruta. Natalie ni siquiera espera redención o condena. El camino de Compostela, que, a esta altura, comienza a parecerle tan injustificado, el viaje al vacío que emprendió por hacer algo que engañe, aunque sólo sea unos días, su soledad de suicida. Irrisoria confrontación con el destino, que no esconde, en el fondo, sino la radical, absoluta, inanidad de su vida.

No acontece nada hasta Poitiers, otras dos horas largas, estiradas al máximo por las paradas, entre el vacío de la autopista y su propia ausencia interior. Adelanta, ya entrando en la ciudad, en el viaducto sobre el Boivre, a un autocar que le resulta, de alguna manera, conocido. Dobla a la derecha, hacia Saint-Hilaire-Le-Grand. Cuando estaciona su Clío, advierte las razones de esa familiaridad. A escasos metros, el autobús está dejando a los viajeros; son los mismos que siguió en Tours cuando decidió jugar esta partida, perdida de antemano, contra el azar. Sobre el viejo solar del patricio Hilario —arrasado por las tropas de Abd-al-Rahman antes de su derrota contra los francos, después por los normandos, ahora por el turismo y siempre por el fuego, mínimo una destrucción asegurada por siglo—, ante la iglesia románica de siete naves paralelas, como siete naos que dieran las espaldas al río, Natalie comprueba que su condición no difiere tanto de la de las piedras, a no ser en lo más efímero de su apariencia. Pero como ellas, Natalie se sabe hecha de destrucciones sucesivas, de huidas subsecuentes que no consiguen apresar retornos suficientes para asir en ellos, con ataduras firmes, su identidad.

Nada hay que la retenga en Poitiers, tampoco aquí. El Renault verde manzana se pierde, todavía al sur, N-10. Angoulême, Natalie no se detiene. Rebasado Barbezieux, para en la enésima área de servicio, idéntica a las anteriores. Al poco, Montlieu. La carretera empieza a pesar en sus espaldas. Finalmente, Bordeaux asoma entre viñedos de un verdor apagado, cuando el día ya ha muerto y la noche impone la necesidad de una pausa tras la insensata monotonía de los kilómetros consumidos en soledad. Un hotel de la cadena Iffy, tan de plástico, tan prefabricado, tan repetitivo e impersonal como el asfalto de la carretera o el polvo de los caminos. Es el lugar perfecto para que Natalie pase esta noche, las noches que fueron entre Rennes y Tours, las que vendrán hasta la frontera. Después, quién sabe. Quizás retroceder, o continuar, qué más da, porque más allá de los Pirineos, también la estará aguardando la misma conciencia de inutilidad que aquí.

Desayuna en el Quartier des Chartrons, al lado del Garonne, en una terraza de la Cours de la Martinique donde todas las fachadas ornamentadas son testigos silenciosos de su desolación. Pronto, de nuevo, la N-10, como una repetición monocorde. Las Landes, pinos polvorientos sucediéndose monótonos tras los cristales. Desolación rectilínea semidesértica, en este paisaje llano que hasta hace poco fue una inmensa marisma. Tránsito veloz, bocinazos enfurecidos de los conductores que adelantan, corriendo desbocados hacia ningún sitio. Una figura en el arcén agita los brazos y gime. Natalie reduce la velocidad.

Una furgoneta desvencijada, de un modelo ya casi histórico, con la delantera deshecha, está destripada contra un árbol, tirada en la cuneta de la carretera, en mitad de la recta interminable. Un revoltijo de enseres domésticos, ropa, colchones, cacharros esparcidos a consecuencia del golpe, forman una pintoresca amalgama. Cerca de ella, un hombre hace gestos desesperados, frenético, bajo el intenso sol de la llanura. El hombre, de unos treinta años, es magrebí; se ve a las claras: chilaba, bigote, cabello crespo, gesticulación intensa. Maldice su suerte y se mesa los cabellos, pide ayuda a gritos, insulta, descontrolado por la desesperación y el duro calor. Nadie se detiene. Los coches zumban, devorados por la prisa, casi rozándolo, maldiciendo a su vez, tu madre, por si acaso.

Natalie tampoco para, cuando menos al principio. Su instinto burgués le hace continuar el camino. Una violenta lucha interior la decide a poner marcha atrás y acercarse a la furgoneta, a fin de cuentas ella ya no tiene nada que perder, arriesgando la piel ante el río furioso de coches desbocados. El hombre se deshace en agradecimientos, entre sollozos. Sus explicaciones se atropellan, entrecortadas, confusas.

—*Merci, mademoiselle.* Mi hijo Haziz, ¿sabe...? Mi hijito está muy mal, se ahoga... Nadie, nadie nos vale, sólo usted. Son todos unos cabrones, que un rayo los parta... La furgoneta se rompió. Amin me dijo que estaba bien... Una mierda. Una mierda todo, *mademoiselle,* ayúdenos.

—Cálmese, ¿qué pasó? ¿Están heridos? ¿Dónde está su hijo?

—Heridos no. Sólo Haziz, mi hijo. Haziz muy mal... Yo también soy Haziz...

—Vamos a la furgoneta —interrumpe ella—. Quiero verlo.

En la furgoneta revuelta, entre montones de cachivaches, una mujer está llorando con grandes aspavientos. Aparenta unos cuarenta años, las mejillas gordas, la cabeza tapada con el pañuelo blanco, la saya larga que ciñe un cuerpo voluminoso, en avanzado estado de gestación. Natalie decide que su edad real es inferior, en quince o veinte años, a su apariencia. Apretujadas contra la madre, tres niñitas, de unos seis años la mayor, contemplan con ojos desorbitados, inmóviles, la escena: el pánico de los padres, la irrupción de la extraña, el niño de siete u ocho años tirado en la colchoneta, ahogándose, respirando apenas en un resuello agónico, espasmódico, como si el aire estuviera a punto de dejar de entrar en sus pulmones para siempre.

—Este niño es asmático. ¿No tienen medicinas? El broncodilatador...

—Medicinas no, *mademoiselle*. Haziz estaba bien... Meses curado de todo, ningún problema. Ni en el viaje. Venimos de Bruxelles. Todo bien hasta hoy... Amin arregló mal el auto, la dirección se fue a la mierda. Fue el susto... El susto del golpe. Nosotros no heridos. Haziz se sobresaltó con el golpe. Le ha vuelto el mal. Llevamos cuatro horas aquí tirados, nadie para. El niño va a morir... No tenemos ni un sorbo de agua. Todo se rompió con el golpe.

Las niñas y mi mujer se mueren de sed. *¡Mademoiselle, haga algo!*

—Tenemos que llevarlo a un hospital. Pero estamos a más de cien kilómetros de Bordeaux y a setenta de Bayonne, mi coche es muy pequeño para los siete. Esperen.

Natalie corre a la carretera, hace señales desesperadas, como el padre instantes antes, con el mismo inútil resultado. Los coches vuelan, nadie se detiene. Los conductores la insultan con el pie hundido en el acelerador. Rabiosa de impotencia, Natalie entra en su Clío, hace girar con violencia el volante. Cruza el auto en la carretera, inutilizando los dos carriles. Haziz, empezando a comprender lo que intenta, grita aterrado.

—¡No van a parar! ¡No lo haga, está loca! ¡La van a matar!

Natalie reconoce que Haziz tiene razón. Pero ya es tarde. Un acelerón brusco ahogó el carburador y el Clío no se enciende. Dos automóviles grandes surgieron en la recta, vertiginosos, los morros enfilados contra el utilitario de la mujer, migaja en su camino. Natalie los mira echándosele encima durante un instante fugitivo, el espacio antes del impacto de las carrocerías, con la lucidez que precede a la muerte, sin cerrar los ojos, el intenso brillo metálico de los cromados, la delgada capa de polvo sobre los chasis y los parabrisas, el oscilar salvaje de los neumáticos, convencida de que serán sus últimas imágenes antes de morir aplastada, pensando que el camino del azar ha terminado bien pronto, apenas trescientos kilómetros de asfalto de Tours a las Landes. Y que ha sido fiel al esquema habitual del resto de su vida: demasiado breve, demasiado rápido, demasiado estúpido. Pero a fin de cuentas, ¿qué mas da la muerte al final del camino o la muerte en la mitad del camino?

Haziz cierra los ojos, aprieta los párpados, escucha el chirriar desesperado de los frenos de los coches que se aproximan. Espera, con todos sus nervios en tensión, el ruido inconfundible del choque. Unos instantes de incredulidad, el sonido del impacto no llega. Abre los ojos, se los restriega. Allí están todos, a escasos metros de su pánico, Natalie trata de salir de su vehículo por la puerta derecha. La escasa distancia a que milagrosamente quedaron los dos autos que encabezaban cada carril, un Peugeot castaño claro y un Volvo azul marino, no permite siquiera abrir las puertas de la izquierda. Pero lo piensa mejor y bloquea las puertas, cuando ya dos energúmenos golpean con sus puños la carrocería. Son los conductores que bajaron de los coches hechos unos basiliscos, rojos de ira, dispuestos a machacar a la zorra temeraria que atravesó este automóvil de mierda en la calzada para que nos estrellásemos contra él, poniendo en peligro nuestro viaje y a nuestras familias. Natalie desea morir, pero no así, no despellejada en vivo, despedazada por estos caníbales motorizados. Las familias de los conductores tratan de mediar y reciben cada una su ración de empujones. Nuevos vehículos, recién llegados, aumentan con sus bocinazos y maldiciones la confusión reinante. Haziz intenta, en vano, explicar las razones de la conducta de Natalie y está a punto de ser linchado por el pelotón adrenalínico de los automovilistas, frustrados por la detención imprevista que hace peligrar su media de velocidad.

—¡Marroquí tenías que ser tú también, hijo de puta, maricón!

—¡Dios los cría y ellos se juntan, los hijoputas!

—¿Qué dices de tu hijo, qué? ¡Si sabrás tú de hijos, gilipollas!

Sólo la llegada providencial de dos agentes de policía en motocicletas impide que las agresiones pasen a mayores. Escuchan un poco el barullo y de inmediato se ponen en acción. Como pastores tenaces, acostumbrados a los líos, llevan cada oveja a su coche, despejan el caos de gente y de vehículos para que Natalie pueda maniobrar y dejar libre la calzada, obligan a quedarse en el arcén al Peugeot y al Volvo. Pocos minutos después, deshecho entre olor a gasolina y a sudor, el coágulo que temporalmente había taponado la arteria automovilística, los policías se encaran con Haziz, Natalie y los dos primeros conductores.

El policía más alto, de cabello claro, se empecina en atenerse al reglamento y llevarse a Natalie detenida para efectuar de inmediato la denuncia por imprudencia temeraria. Por suerte, su compañero moreno, francés sólo de nacimiento y no de apellidos, atiende a las explicaciones del magrebí —a fin de cuentas también él sabe lo que es padecer en tierra ajena— y lleva al otro hacia adentro de la furgoneta de Haziz. Cuando vuelven, la insistencia del moreno ha hecho su efecto. La decisión está tomada. Natalie llevará al pequeño al hospital de Mont-de-Marsan, los otros dos automóviles trasladarán al resto de la familia. Tendrán que desviarse un tanto de su ruta inicial a Bayonne, unos ochenta kilómetros en total. Ellos abrirán camino con sus motos. Será más rápido y eficaz que pedir una ambulancia por radio. Ya se ha perdido demasiado tiempo. El niño empeora por momentos.

—Por su propia conveniencia —insiste el moreno ante los dos conductores, mirándoles fijamente a los ojos, con un mirar como el del taladro—, yo les aconsejo no formular denuncia contra esta señora, a menos que quieran hacer frente también a la de ellos. Ya saben que también la denegación de auxilio en carretera es delito.

—¿Por qué nosotros? Por aquí pasaron cientos de coches...

—¿Por qué? Parece que usted es duro de mollera —remacha el agente—. Haga el favor de preguntar a este hombre —y señala a Haziz— por qué es su hijo el que está enfermo y no el de usted.

El hombre baja la cabeza, vencido, entra en el Peugeot. Con él se acomoda Haziz y una de las hijas. Las otras dos irán en el Volvo; la madre, aún deshecha en lágrimas, con el niño, en el Clío de Natalie. La caravana se pone en marcha. Antes de veinte minutos están en Mont-de-Marsan y cada uno se pierde por su camino. Haziz, tras recibir una mascarilla de oxígeno, desaparece por la puerta de urgencias.

Se instalan en la sala de espera. La madre, restregándose las manos con el continuo nerviosismo, se niega a abandonar el asiento mientras no tenga nuevas de su hijo.

Haziz medio la obliga a comer y a beber. Ella se deja convencer, aunque sólo sea por el bebé que lleva en su vientre. Después, Natalie conduce al padre y a las hijas a comer en la cafetería. Agotadas por la espera, las pequeñas devoran la comida y se beben los refrescos como si nunca antes hubieran comido ni bebido. Cuando Haziz ve que Natalie hace ademán de pagar, se opone rotundamente:

—De ninguna manera, *mademoiselle*. Ya hizo demasiado por nosotros. De no haber sido por usted, aún estaríamos tirados en la cuneta al sol, como perros. Haziz muerto, a lo peor. Deje que la invite yo. ¿Fuma usted?

—No, pero es lo mismo —contesta Natalie, sonriendo—. Llevo tres días a punto de morir. Un poco más de cáncer no va a hacerme daño.

—Tiene usted un extraño sentido del humor —se ríe también Haziz, acercándole el encendedor— No parece ser mujer, por lo menos no como las nuestras. Pero ningún hombre tendría los cojones, disculpe que le hable así, para atravesar el coche de la manera que usted lo hizo. ¿Viaja usted lejos, va sola? Perdone mi atrevimiento. Los africanos somos curiosos por naturaleza, ya sabe. Debería besarle los pies de agradecimiento en lugar de importunarla con mis preguntas.

—No tengo nada que ocultarte, Haziz. No voy huyendo de nadie. Estoy tan sola como alguien lo pueda estar. Y tienes razón, voy lejos, aunque no tanto como ustedes. Voy a un lugar llamado Santiago de Compostela. ¿Te suena?

—Santiago, Santiago... Yo sé, eso viene a ser como para nosotros los musulmanes ir a la Meca, ¿no? Haziz le desea de corazón –el magrebí cruza las palmas de las manos, extendidas a la altura del pecho–, que tenga un viaje afortunado y que alcance lo que busca. Haziz no es practicante de ninguna religión, ni siquiera de la nuestra, que es la verdadera –aclara– pero como decía mi padre: *Nunca te burles de lo que no entiendes*. Ni siquiera de un loco, los locos son sagrados para Alá.

–Es un buen consejo, Haziz, pero las cosas no son tan simples. Ni siquiera yo misma sé lo que busco, o si busco algo. Bien, hablemos de cosas menos filosóficas. ¿Tienes seguro que cubra los gastos de tu hijo en el hospital?

–Sí, *mademoiselle*, somos emigrantes legales, en Bélgica.

–¿Y el arreglo de la furgoneta?

–Saldremos adelante, pierda cuidado –el rostro de Haziz, mudado de repente, se ensombrece, habla por él, contradiciéndolo.

–¿Tienes seguro para el arreglo? ¿Tienes dinero o no, Haziz? No mientas.

–Mandamos todo el dinero a casa. Viajamos con lo puesto. El seguro no cubrirá la reparación –se encoge de hombros, avergonzado–. Tendremos que avisar a casa para pedir ayuda a los parientes.

Retornan a la sala de espera, algo confortados por el refrigerio. Después de otra media hora interminable, sale, por fin, un médico para informarlos.

–El pequeño está mejor. Parece que lo peor de la crisis ya ha pasado, salvo complicaciones. Pero aún deberá estar hospitalizado unos días. Más tarde les avisarán, sólo a los padres, para que puedan pasar a verlo.

Un alivio general los recorre a todos, se abrazan. La madre vuelve a llorar, esta vez de alegría. Natalie se levanta y se despide.

—Bueno, parece que mi parte ha terminado.

—¿Cómo podremos pagarle su ayuda? La recordaremos siempre, siempre... —repite la madre entre lágrimas.

—Eso ya es pago suficiente. Ahora tengo que irme. Pero antes tendremos que buscar una grúa para que traiga la furgoneta. Haziz, acompáñame. Vamos en busca de un taller.

Antes de que Haziz se baje del Clío, Natalie le tiende un fajo de billetes.

—Toma, son veinte mil francos. Es la mitad de lo que tengo. Supongo que les permitirá mantenerse estos días y arreglar la furgoneta...

—No, *mademoiselle* —rehúsa el hombre, enérgico—. ¿Qué va a hacer usted? Usted no nos conoce de nada, ¿por qué se empeña en ayudarnos? No lo entiendo.

—El mío es un viaje sin retorno, Haziz. Allí adonde yo voy no necesitaré mucho dinero. No les ayudo por caridad, no te ofendas; yo tampoco practico ninguna religión. Además, si no lo entiendes, tienes que aceptarlo. Precisamente por eso. Ya lo decía tu padre, ¿no?, *nunca desprecies lo que no entiendas*.

X

Te despiertas tarde y mal, en la habitación del hotel, ya cercano el mediodía. El vuelo de ayer, sábado, resultó pésimo. Salieron con retraso, debido a una huelga de celo de los controladores, y, para acabar de rematarlo, los sorprendieron las turbulencias en el golfo del Maine. La peor tormenta de los últimos años, cosa insólita para esta época estival, se abatió sobre el Boeing y lo zarandeó cuanto quiso. El aeroplano tuvo que hacer un aterrizaje de urgencia en Halifax, y esperar allí a que remitiese el temporal. Por fin llegaron al JFK con doce horas de retraso y confusión, transcurridas casi veinte horas desde su partida, tan exhaustos y mareados los pasajeros como la tripulación. No te apetecía salir con nadie, Xana. Abandonaste el grupo y las tentaciones de la noche, confirmando entre los colegas tu fama de persona complicada. Estabas cansada y deprimida. Te sumergiste entre las sábanas después de tomar unos sedantes, como quien se aferra a una tabla tras un naufragio. Desde el microbús, camino del hotel, las calles de Manhattan, en la noche de neón, se te antoja-

ron desoladas, recalentadas, con la tristeza común del despoblamiento. Abandonadas en el ecuador del fin de semana que fue la señal para la masiva huida, temporal deserción del weekend *que se estrellará fatalmente, en el cíclico decrecer de la marea humana, contra la playa monótona de otro lunes.*

Pero eso será mañana, hoy es domingo, domingo soleado. Sunny sunday, *como proclama triunfalmente el noticiario de la radio que enciendes maquinalmente. Esta vez, dispones de dos días en Nueva York. El de mañana estará consagrado a peregrinar a Jackson Heights para calmar tu ansiedad mortal, tu deseo de ser otra cosa. Hoy no podrás, es domingo.* Sunday, damned sunday, *están cerradas las tiendas de tu codicia. Decides dejar el hotel, perderte al azar por las deshabitadas calles de la ciudad.*

De espaldas al Central Park, la Quinta Avenida, adornada en estos días con las siluetas huecas de las grandes figuras de Keith Haring, muestra ahora su repentina soledad en el intenso calor. La calle va bajando, ancha y ajena, entre paralelepípedos de hormigón y de cristal; apenas circulan algunos tourist buses *descubiertos, con recargados logotipos, y los sempiternos taxis amarillos, en espaciadas filas inevitables. 58th, 57th, 56th... Las travesías perpendiculares se suceden, idénticamente vacías. La 52th, por el contrario, es un oasis humano, hormiguero bullicioso en medio de la materia inerte de los rascacielos. Un inesperado mercadillo ambulante se adueñó de la calle, los tenderetes se suceden uno tras otro, apretados y casi anacrónicos, en la calzada cerrada por unas horas al tránsito rodado. Diríase que todo el abigarramiento, el colorido sucio y vitalista de los barrios periféricos se hubiera trasladado a esta calle del Manhattan céntrico, evacuado temporalmente durante el fin de semana.*

Una cafetería lujosa, Banana Connection, *inaugura el mercado tras las barreras de contención del tráfico que lo delimitan. Está situada, irónicamente, a espaldas de un grupo de indígenas peruanos ataviados con ponchos, que hacen sonar exótica música andina, y cerca de otros indígenas —estos de la central dulce cintura nerudiana— que venden en cuencos de cerámica porciones de frutas mezcladas y multicolores. Todos ellos calzan* Nike *o* Reebok, *estricta uniformidad reglamentaria bajo las vestimentas tradicionales.*

Aquí y allá, tras los puestos callejeros, aparatosas fachadas con altos y bajos relieves, niqueladas letras, cada una de ellas más grande que la cabeza de un hombre, igual que en la fe de este siglo es superior el capital a la humana criatura. Chase Manhattan Bank, City Bank, Bank of America... *se mezclan con las entidades japonesas de rótulos ideográficos. Las catedrales faraónicas del culto imperial al dólar vigilan, desde la altura de sus* buildings, *adornados con orgullosas banderas* star spangled. *Las mismas banderas que coronan los carritos de fritangas, comida rápida para engullir de pie y sentir la prisa ritual que acompaña al consumo. Alguno de estos puestos de variada oferta* —American Sausage, Marinated Chicken, Hamburguers, Hot Dogs, Cheese Steak— *muestra, además, la imagen satisfecha de un cerdito cebado, vertical y encorbatado, exhibiendo una ristra de sus propias salchichas asadas en pintoresca autofagia.*

Los turistas se suceden en riadas repentinas, con el sudor resbalándoles bajo las gorras de beisbol, asedian los tenderetes, devoran las tripas rellenas de cerdito feliz, calientitas a pesar de la alta temperatura del día, entre bocado y bocado de colosales ice creams *con almíbar, compran y compran, como si en ello les fuese la vida. Los forasteros se mezclan con los estadounidenses nativos, sin llegar a confundirse con ellos, yuxtapuestos en la confusión y el calor húmedo, que cae del cielo claro y se refleja, sucesivo, en las aristas desnudas de los* sky-scrapers. *Un menor volumen corporal, una obesidad más contenida, un mirar asombrado y curioso que en los naturales es pura suficiencia, separan en la multitud a los europeos de los* W.A.S.P. *Los visitantes parecen expedicionarios de excursión en alguna reserva: pequeñas mochilas al hombro, anteojos de sol circulares, camisetas de tiras, bermudas campestres, calcetines blancos de algodón en el calzado* unisex.

En forzosa coincidencia, todo es unisex, *o asexuado, en este descubierto y gigantesco* department store. *Hasta los tatuadores andróginos, ante los cuales individuos unisex esperan en fila para deleitarse con un* tattoo *en el pene o un* piercing *en los labios vaginales, que, según parece, devolverán a las civilizadas relaciones íntimas occidentales todo el encanto de las salvajes y selváticas pasiones, como rezan los carteles de reclamo.*

Algo más adelante, una banda de músicos negros obstaculiza la acera. El cantante —sombrero de paja, cabellera emblanquecida, largas barbas blancas de patriarca, inmensos lentes oscuros— desgrana el viejo blues *de Chicago con voz doliente; la maldición de la raza, la nostalgia del futuro y la soberbia del macho escupida en alusiones de doble sentido, entre sollozos de guitarra eléctrica, que lamenta el destino infame de las gentes de piel oscura.*

I am the litle rooster
Too lazy to crow the day
Keep everything the farmyard
Upset in every way.

¿De qué vale ser el gallo cuando estás encerrado en la jaula?, piensa Xana. No compensa el orgullo cuando hay que pagarlo con la esclavitud. Como lo está también pagando ella. Se detiene para mirar a los músicos. Son cinco, tocan bien, con la seguridad y la satisfacción del trabajo sentido en sus rostros. Hay una potente sección rítmica. El baterista es ciego y aparentemente no se mueve, pero sus manos, de las muñecas hacia abajo, son ametralladoras; el bajista es pequeño y anfetamínico, con aspecto de ratón. Dos tecladistas, detrás de las respectivas parrillas de keyboards, *y el cantante y multi-instrumentista que lidera el grupo completan la formación.*

... Si ves al gallo encarnado, envíalo de vuelta a casa
que no hay paz en el gallinero, desde que el gallo se largó.

Concluyó el blues. *El auditorio aplaude a rabiar. El cantante, correspondiendo a su entusiasmo, improvisa un largo discurso sobre las bellezas de Nueva York y sobre su felicidad al estar de vuelta aquí, antes de lanzarse por otra pieza de su polifacético repertorio. Esta vez se trata de un tema instrumental de base jazzística con aires de* bebop; *el músico echa mano, para la ocasión, de la extensa colección de instrumentos de viento dispuesta delante de él. Llora el saxo tenor emulando a Lester Young, el presidente sin corona.*

Parada frente al grupo, Xana *se deja acariciar por su música, oscura, dulce y atormentada como la vida. Detrás de la banda, un elegante restaurante francés, el* Broadway's Maison d'Or *adonde acudirán los neoyorkinos pudientes para sentirse europeos. Arruinada y todo, Europa, la vieja dama venida a menos que hace servicio de guardamisiles del imperio norteamericano, es aún capaz de seguir exportando alta cocina a la gran manzana para los que no se conformen con el sabor democrático y peatonal de los* hot-dogs. *En pintoresco contraste, a pocos metros de las selectísimas puertas giratorias, bajo los precarios toldos del nomadismo dominical, se asan encima de las brasas mazorcas de maíz y brochetas, y se vende comida india o china, colmada de especias picantes y coloridas, en cuadradas bandejas metálicas, a seis dólares la unidad. Envases sin retorno, usar y desechar, como todo en esta ciudad efímera.*

Todo a tu alrededor, Xana, *es cambiante y multiforme, todo lo que uno pueda concebir puede comprarse en esta calle: peinados jamaiquinos, camisetas parisinas, viseras californianas, libros árabes, matriuskas de cien tamaños, brazaletes de cobre nepalí, perlas sintéticas, softwares, zapatos de tacón de aguja, miniaturas de todos los automóviles y de todas las armas de la historia humana, globos en forma de corazón o de preservativo, infinitos etcéteras. La iconografía: revistas, carteles, pegatinas, camisetas, dulces, postales, imanes de nevera... todo lo imaginable de todos los líderes religiosos, artísticos y políticos que en el mundo son y han sido, desde Elvis al Papa, pasando por Hitler o Mishima, revueltos en el tenderete con Freud, Fidel y las lácteas Pam Anderson o Samantha Fox. Inevitable Ma-*

rilyn... Decides seguir tu camino y abandonar esta feria. Ya estás a punto de desembocar en Madison Avenue para girar y dar la espalda a la 52th, cuando algo familiar, que has advertido en una de las casetas, te hace volver atrás.

En el mostrador se exhibe bisutería oriental, dos mujeres jóvenes con saris color naranja y lunares de oro en la frente atienden a las solicitudes de los clientes. Pero nada de esto fue lo que llamó tu atención, Xana, lo que despertó tu alarma, sino el hombre. En la semipenumbra del puesto, sentado en un segundo plano, detrás de las jóvenes, atento al ajetreo del negocio. En la misma actitud de siempre. Las mejillas carnosas, el bigote abundante, el cabello grasiento, la cordialidad servil. Es él, no hay duda, que ya se levanta y viene a tu lado.

—No la esperaba hasta mañana, lady. *Pero ya que está aquí, venga conmigo. Nos ahorraremos trabajo.*

—Bueno, lo cierto es que yo tampoco...

—No se disculpe, por favor. Acompáñeme.

Entras, siguiéndolo, en el interior de un remolque, oscuro y acogedor como una cueva fresca que amparase las sombras del acoso de este sol de plomo, que baja del cielo y sube del asfalto. El escenario no está lejos de parecerse al mismo despacho que ya conoces, en los Jackson Heights. Tampoco la caja fuerte es muy diferente, ni el estuche de donde va sacando los oders.

—Hoy no voy a molestarla con cortesías innecesarias, lady. *Ya me he hecho cargo de sus costumbres. Esta vez eran nueve ¿No es así? —Xana asiente con la cabeza, aún algo desconcertada. Tanta casualidad le sorprende. Hace que se intranquilice hasta lo más hondo, ¿la estarán vigilando?*

—Si tiene la bondad, firme el recibo, por favor —prosigue el negociante, tras depositar el estuche en la caja fuerte y cerrarla de nuevo, aparentemente ajeno a las cavilaciones de la mujer.

Firmas el papel, maquinalmente. Recoges el saquito de cuero, algo aturdida. Cuando ya tienes un pie en la puerta, una última sugerencia del oriental te hace estremecer.

—Por cierto, le aconsejo, por su propio interés, que en lo sucesivo se abstenga de caminar sola por las calles, y menos con esto encima. Podría resultarle fatal. Ya sabe que Nueva York es una ciudad muy peligrosa, dependiendo de los barrios.

—¿Qué quiere decir?

—Usted lo sabe, lady. *Me refiero a sus paseos por lugares aislados, como algunos de Queens. No son seguros. ¿No lee la prensa? Una pareja desapareció ahí sin dejar rastro. En Hoffman Drive, precisamente. Y ya no se ha vuelto a saber de ellos.*

—¿Es una amenaza?

—No sea cándida, lady. *Eso no va con usted. Pero recuerde algo:* Todas las manufacturas precisan una materia prima. *Y ésta —señala significativamente a la caja fuerte que custodia el estuche con los vidrios negros— no es una excepción —Xana espera un instante, pero el hombre no se vuelve más explícito.*

—Lo tendré en cuenta. Gracias. Hasta la próxima.

Abandonas, desconcertada, el remolque, Xana. ¿Qué es lo que quiso decir? La fuerza del sol te golpea en las sienes, hace que te duelan los ojos. En el exterior del tenderete, la feria continuó, mientras tanto, su marcha; imparables los espectáculos y el consumo. Nuevas tandas de turistas y de aborígenes se sumaron al público precedente. En otro palco, el del Jewish Workmen's Circle, *en el que no habías reparado hasta ese momento, un ju-*

dío de cabello blanco y de afilada nariz canta una antigua canción sefardí de ausencias y nostalgias, su particular blues del destierro, *porque el destierro es tan común como la música a la humanidad entera. Dándole vueltas aún a las enigmáticas palabras del comerciante, decides desandar tu recorrido y retornar cuanto antes al hotel.*

Junto al grupo musical negro, que sigue tocando ahora con la misma intensidad, un mulato descomunal de panza desaforada, cubierta la cabeza con un salacot *de explorador africano, se agita al compás mientras engulle alguna especie indeterminada de papas con salsa a la moda* fast food *en un envase de plástico, valiéndose de un tenedor del mismo material, sin dejar de bailar un solo instante. Otra media docena de personas de color se unieron espontáneamente al* show *acompañando con coros, palmas y rítmicos balanceos de caderas la cadenciosa música tropical, de sonsonete contagioso, que, de repente, se te antoja ahora melancólico, tan irreal a su alegría como inmensa tu pérdida.*

Oh, little darling! Please/ I said: don't cry no tears
(Yeah) No woman no cry/ (I said) no woman no cry.

Y, a pesar de su repetido consejo, tú, Xana, sientes deseos de llorar.

XI

No podré ocultar que mi temor más secreto era el hecho de encontrarme solo en casa, sin actividad ni distracción que me protegiese, ni siquiera remotamente, de la tentación de viajar a otras vidas. Temía verme de nuevo enfrentado con la negrura de los afilados cristales y de ser incapaz de resistir a su atracción mortífera. Pero no había escapatoria. Nadie a quién recurrir para compartir aquella aventura insólita. Si, ya antes de su comienzo, era yo un hombre solitario, ahora me sentía aún más alejado del conjunto de los mortales a causa de mi singular experiencia. Esta sensación, con todo y que no fuera gratificante, contenía una atracción indefinible, un misterio de rara emoción que me subyugaba.

Sin embargo, como ya he dicho, venía decidido a romper definitivamente con aquella historia. Reuní todas las pertenencias sustraídas en el gimnasio..., incluidos el monedero, el llavín y la bolsa deportiva con el logotipo, y lo eché todo a la basura, en la bolsa que aguardaba bajo la encimera de la cocina. También rompí el papelito que contenía, entre otros, los datos de mi desconocida Xana, hice de él mil trozos y lo tiré al cubo. Para terminar, me dirigí al cajón en donde había ocultado los cristales, seguro en mi determinación de hacerlos seguir el mismo camino.

Sabía que no debía mirarlos. Lo sabía muy bien, pero los miré, y eso fue mi perdición. Su brillo, que aún parecía más intenso en la noche, era hipnótico. Atrapado por aquel brillo, ya me resultaba imposible desviar la vista. Aún diría más: era un brillo hueco, negativo, como el de un astronómico agujero negro. Tiraba de mi ser forzándolo al contacto, ansioso de la conexión con mi carne, impidiéndome huir. Era la atracción implacable y aterradora del abismo.

No, decidí, aquellos vidrios eran demasiado peligrosos como para tirarlos a la basura. Si los abandonaba en la calle no sabía dónde y en las manos de quién acabarían. El riesgo era terrible. Tenía que destruirlos, pero no se me ocurría cómo hacerlo. Los dejé sobre la mesita del salón, el mismo lugar en que los había puesto la primera vez. Cogí la bolsa de la basura con el resto de las evidencias y salí a la calle. Caminé, desconfiado, a lo largo de dos manzanas hasta que me decidí a echar todo en un contenedor que estaba casi lleno. Nadie reparó en mí.

Regresé a casa algo liberado, por más que faltaba por hacer lo más difícil. Deshacerme de los cristales, destruirlos por completo. Después sería libre. Era improbable que alguien me hubiera visto en el gimnasio, aún más que hubieran advertido mi incursión en sus ficheros. También parecía evidente, a juzgar por los días transcurridos sin incidencia alguna, que no se habían percatado de que un testigo había presenciado el secuestro. Sólo me restaba eliminar aquellos cristales y sería libre. Mas, no bien entré en casa, aquella presunción de libertad que con tanto trabajo había levantado, se derrumbó, tan inconsistente como un castillo de naipes bajo una ráfaga de viento. Me bastó con ver los oscuros cristales sobre la mesita, después de echar la llave a la puerta, para quedarme estupefacto y sin voluntad.

No era yo, no podía serlo. No podía ser mi mano la que desenvolvía lentamente la red de plástico en la que había sepultado dos noches antes aquel engendro con figura de venenoso cristal negro, la que hundía la yema en otra de sus aristas, incluso antes de ser consciente de lo que estaba haciendo. Pero así era.

Era yo quien moría, de nuevo, quien resbalaba en caída libre por los abismos vertiginosos del no ser, quien se estrellaba fuera de su sique, fuera de su identidad, desposeído de todo, y se encarnaba, tras unos instantes eternos de indescriptible angustia, en otro cuerpo y en otra vida. Un cuerpo fornido y joven, vestido con una corbata y un traje a los que no está acostumbrado, en la cola de un aeropuerto. Un cartelito encima del mostrador indica "Otros países". La gente que me precede y que me sigue tiene, en su mayoría, piel negra, u oscura como la mía. Trago saliva, tengo la boca seca. Las náuseas me ascienden por el esófago como ondas asesinas. Las manos me tiemblan y dejan manchas de sudor en el pasaporte azul. *República de Colombia*, reza la portada. También el pasaporte es cosa reciente en mi vida, como la vestimenta. Como el avión del que acabo de bajar y el viaje que acabo de padecer, mi segundo viaje a Europa en tres meses, sin poder arriesgarme a evidenciar el mareo por miedo a que éste delate el contenido de mi estómago: noventa bolsas de cocaína, cada una con diez gramos, envueltos en dedos de guante de cirujano de finísimo látex; tragármelas también ha sido cosa nueva. La vez anterior había sido más fácil, el kilo de cocaína iba en el chaleco, cosido en la entretela. Pasé de puro milagro. Aquel día registraban a todos los colombianos; nos ponían, por así decirlo, en pelotas. Descubrieron a algunos que me precedían en la cola. Estaba perdido, mi primer viaje y ya me veía en la trena. Sólo quedaba uno, luego venía mi turno, mas el que estaba delante se derrumbó, retorciéndose de dolor por el suelo. Los policías corrieron ¡*Mierda!* ¡*A este desgraciado acaba de reventarle una!* Fue mucha la confusión. El hombre tirado en el suelo daba alaridos. Por fin llegó la camilla. Se olvidaron de mí, que aguardaba sobrecogido mi turno para el registro. Tuve suerte, fue mi salvación. Cuando los policías volvieron al mostrador, me ordenaron pasar. Ni siquiera me pidieron el pasaporte, se contentaron con una mirada evasiva a la maleta abierta. *Coroné* sin problemas. Entregué el chaleco, como me habían mandado, y cobré el resto del dinero prometido, hasta completar los seis mil dólares. Había jurado no volver a incidir, pero aquí estoy de nuevo, y ahora no sólo en el chaleco, también en la tripa. Si escapo con bien, serán diez mil dólares. La vida está *achuchá*, y es mucho dinero. Suficiente para vivir años. Si es que no me muero en el intento, como le aconteció la vez pasada al que me precedía en la fila, por más que los *capos* no hayan reconocido este dato. *Está preso nomás, carajo. Quiso tragar más de la cuenta y no se preparó como debía. Pero a usted no va a pasarle. Ya coronó una vez y lo hará otra. Es la oportunidad de su vida. La última. Diez mil dólares. ¡Aproveche su suerte!* Recuerdo y tiemblo; no debí haber venido. Habría sido mejor morir de hambre. Son diez años si me agarran, y lo peor no es eso, lo peor es este peso como de plomo en el estómago que nunca se acostumbra, a pesar del duro entrenamiento soportado antes de la partida; tantos días de tragar y evacuar. El asco del contenido que quiere subir a la boca a cada paso en la cola interminable, que busca salir a cada latido desacompasado del corazón que revienta por momentos. El funcionario de inmigración mira el visado turístico, como si la cosa no fuera conmigo, estampa un sello de caucho. Continúo en otra cola. Ahora viene lo peor, la inspección policial. Y las bolsas pugnando por salir por la boca. No puede ser, son los nervios. Tomé un calmante en el avión, además de los antidiarreicos que traía. Llevo días sin comer. Sólo tomo agua. Por ahora todo ha salido bien, he venido rodado. Durante el vuelo no desperté ninguna sospecha. Trato de recapitular, de no perder la calma. Sucumbir al miedo es lo peor que puede pasarme, el camino más seguro para que me descubran. Me esfuerzo por respirar con naturalidad, por sosegarme. Cierro un instante los ojos. Me siento un poco mejor. La cola se abre. Estoy solo ahora, frente al policía que me mira fijamente a los ojos, después de revolver el contenido de mi maleta. *—Así que de Colombia, ¿no? ¿Algo que declarar? —Nada, señor agente. Viajo de turista. —Ya lo veo* —clava la vista en el pasaporte—. *La segunda vez en tres meses. ¿Por qué vuelve? —Por nada en particular, señor agente. ¿Está prohibido, acaso? Me gustó el país. ¿Quiere registrarme o puedo seguir?* El policía se me queda mirando a la cara, aún con el pasaporte en la mano. Le sostengo su mirada. *—Pase, el siguiente...* Me controlo para no delatarme ahora echando a correr vestíbulo adelante, ni yo mismo sé de dónde saqué tanta sangre fría. Siento el calor húmedo de la orina en mis calzoncillos, pero *coroné* por segunda vez. Casi me muero de miedo, pero lo hice. Diez mil dólares. Suficiente como para dejarlo todo de una vez para siempre. Sólo queda ir al hotel y cobrarlos. Subo a un taxi, le recito la dirección. Se disipó la tormenta, asciende la euforia. La autopista, tras los cristales, es territorio conquistado de asombrosa belleza. Soy el rey del mundo, pasando revista a mis posesiones. Todo ha resultado fácil. Pero esto... No puede ser, no ahora. Un sudor frío como un mar helado resbala por mi piel. Mi corazón vuelve a latir con alboroto indescriptible. Siento la punzada más desgarradora de dolor en el vientre. La certeza repentina de la muerte. Voy a morir. Una de las bolsas de coca acaba de reventarse dentro, no me valieron las precauciones. Morir. La conciencia que se borra hasta ser nada, entrando en un túnel larguísimo y oscuro, interminable... Y al final, sólo yo, Darío Gancedo, jadeando, sollozando, llorando aterrado al comprobar que acabo de vivir la muerte de un hombre desconocido, evidencia brutal que desafía todas las leyes de la lógica y de la cordura; y no obstante, experiencia real. Tan real como el sofá sobre el que tiemblo, los diseños geométricos de la alfombra en la sala de estar de mis padres o el televisor apagado que refleja una imagen de muerto en vida. Mi semblante pálido, desencajado por el pánico.

Fue entonces, no antes, en aquel preciso instante, cuando *supe* que todos los que habían vivido las vidas ¿grabadas?, ¿contenidas? —¿cómo podría expresarlo?—, en los cristales negros que tenía delante de mis ojos estaban muertos. Amara, el colombiano, y tantos otros —un hombre o una mujer, una niña o un niño en cada arista afilada de vidrio— habían desaparecido. *Lo sabía.* Y no podría decir cómo ni por qué lo sabía, pero esta certeza no dejaba ningún rastro de duda. Muchas cosas cambiaron en mí al contacto con los pequeños objetos demoníacos. Les asombraría conocerlas. Por ahora, sólo diré que desafían, e incluso hacen estremecer, los cimientos de la razón, los convencionalismos más comúnmente admitidos. Seguir hablando de esto, por lo demás, afectaría seriamente a la verosimilitud de mi relato. Cuando la realidad supera la especulación más arriesgada —tal es el caso—, me siento obligado como narrador, para dar la impresión de veracidad, no a suplementar los hechos con fantasía, sino —paradójicamete— a rebajar lo acontecido al nivel común de las experiencias. Debo transplantar la excepcionalidad de lo vivido al universo de los acontecimientos y las palabras usuales, que aquellos vidrios —fuesen lo que fuesen— transcendían y atravesaban, como la luz atraviesa el agua y el aire inasible.

    Sabía otra cosa, y me aferré a ella como a un clavo ardiendo, a una tabla en el naufragio. Tras la fase de compenetración con los cristales sobrevenía otra fase de repulsión, de asco frente a ellos. Una especie de período refractario en el que ahora estaba, después del cual se presentaba —al margen de toda consciencia— el ansia, la urgente necesidad de un nuevo contacto. Tal alternancia debía ser consecuencia de su mecanismo, si es aplicable la utilización de semejante término. Entre una y otra fase habían pasado, la primera vez, dos días ¿Cuántos se necesitarían en la segunda? Con toda seguridad no tantos, el intervalo sería menor. Las defensas de mi sique estaban ahora más debilitadas. Me sentía resbalar hacia una incontrolable dependencia de estas pavorosas experiencias, incluso advirtiendo su malignidad esencial, incluso presintiendo su espantoso origen. A no ser que aprovechase el momento para destruirlos. Era la única salida.

    Pero estaba mortalmente cansado. Arrojar aquellas gemas por la ventana, o tirarlas de cualquier otra manera, me parecía irresponsable. Destruirlas se me antojaba la solución más fácil. Las miré inertes, minerales, encima de la mesita de mármol. Me hice de un martillo. Me dispuse a golpearlas hasta reducirlas a polvo. Pero mi mano se detuvo en el aire, helada. Como un relámpago, me asaltó una idea desconcertante y terrible: ¿Quién era yo para destruir todo lo que quedaba de tantas vidas ajenas? ¿Qué derecho tenía? No acerté a responderme. Estaba confundido;

mi pensamiento era pesado, muy lento, opaco y pegajoso como el asfalto. Tantas sensaciones desquiciantes y tantas resoluciones contrarias me habían vencido. Necesitaba descansar, después ya veríamos. Busqué dónde meter los cristales. Hallé un pequeño cilindro de plástico negro, que antes había contenido un carrete fotográfico, los metí en él y sellé la tapa con varias vueltas de cinta aislante. Salí del departamento y me acerqué a la gran maceta, con un ficus, que estaba en el portal. Hice un agujero y enterré el cilindro en él. Aplané la tierra sin dejar huella. Regresé a casa, mis piernas temblaban, casi eran incapaces de sostenerme. Caí fulminado en el sofá; perdí la noción de todo y me sumergí en un sueño denso, hijo del agotamiento y primo de la muerte, que se prolongó muchas horas.

Me desperté desconcertado, como quien retorna de un largo viaje. La mañana estaba bien entrada. El sol caliente del estío, al atravesar la ventana del salón, se clavaba en mis ojos. Me dolía la cabeza, y a pesar de las horas que había dormido, no me sentía despejado. Me levanté zombi, con una idea obsesisiva golpeándome en la cabeza: *Tenía que hablar con Xana*. Era preciso encontrarla. Fuese quien fuese aquella mujer, ella podría explicarme la naturaleza de los monstruosos cristales. Necesitaba saberlo, la peor de las certezas sería preferible a cualquier conjetura. No cabía otra solución. Mi vida había cambiado. No podría seguir viviendo si no descifraba aquel misterio. En ese instante un número acudió a mi mente. Eran las cifras del teléfono de Xana, el que yo había impreso durante mi incursión informática al gimnasio, y que más tarde había destruido. El subconsciente había conservado la información. Lo marqué sin pensar. Sonó la señal de llamada. Noté cómo descolgaban al otro lado de la línea.

—¿Xana? —nadie respondió. Ningún sonido que delatase a un interlocutor. Pero yo sabía que alguien estaba al otro lado. Lo noté en el acto, y no era Xana ¡No podía ser Xana! ¿Cómo iba a serlo? Colgué aterrado, advirtiendo de pronto mi temeridad, de la que ninguna confusión mental me podría disculpar en la sucesivo.

Ahora sí estaba perdido. Acababa de cometer un tremendo error, el peor de todos. Si Xana se hallaba en poder de sus captores por causa de aquellos cristales, entraba en la lógica de las cosas suponer que ellos estarían al acecho de cualquier comunicación suya. Sospeché que la llamada que acababa de hacer les podría revelar, en bandeja, mi intromisión. Cambié de ropa con rapidez. Tomé dos aspirinas y café bien cargado. Traté de serenarme. Cerré cuidadosamente la puerta con llave. Salí a la calle. Pensé a fondo en la llamada telefónica. Sólo habían sido dos segundos antes de colgar, a lo mejor ni eso. El tiempo de pronunciar dos sílabas. ¿Sería posible que me localizasen?

Aquella llamada no alteraba las cosas, me dije, no podía ser. Había sido un producto de mi precipitación, y el pánico que me había obligado a colgar, imaginando algo maligno al otro extremo de la línea, seguramente era una simple consecuencia de mis nervios alterados. Debía olvidar la llamada. Todo seguía igual. Tan pronto regresase a casa era preciso destruir aquellas piedras malditas que había ocultado en el macetero la noche anterior. Estaba claro. No había otra alternativa. En cuanto me deshiciese de ellas, nada podría relacionarme con aquella delirante historia, y yo podría reanudar mi vida normal.

Con estos tranquilizadores pensamientos, me sumergí en el trabajo, justificando como pude mi tardía llegada a la oficina. Pero cuando, a la caída de la tarde volví a casa, mis peores miedos, que me había inútilmente empeñado en desechar, se vieron confirmados, para mi infortunio. Nada era igual ya. Nada podía ser igual después de aquella desafortunada llamada. Lo advertí no bien penetré en el piso. Mi morada había sido objeto de un concienzudo registro.

El desorden no era muy aparente; pero ciertos cambios de lugar, mínimos, en algunos objetos eran evidentes para mis ojos. Abrí varios cajones: el contenido era el mismo de la mañana, pero todo estaba mezclado y colocado de otro modo. Los habían vaciado y vuelto a llenar, tras una revisión detallada. Me tumbé en el suelo y eché un vistazo bajo las camas: la capa de polvo oculta bajo ellas —debo añadir, pues, que yo nunca he sido un dechado de limpieza— mostraba huellas inequívocas. Idéntica apariencia de orden y los mismos cambios de ubicación, casi imperceptibles, en cada uno de los estantes eran visibles en los armarios del baño. A dondequiera que mirase, advertía las marcas de la intrusión. Así y todo, y con ser muchos, estos detalles que a mí me alertaron, eran tan sutiles que a otro observador, no tan familiarizado con el hogar, se le habrían pasado por alto.

El registro había sido cuidadoso y demorado, debieron haber empleado horas para completarlo. De hecho, comprobé que no faltaba ningún objeto, tampoco los de valor, y que ni las puertas ni las cerraduras mostraban señal alguna de haber sido manipuladas. Ambos detalles incidían en lo mismo: el examen del piso había sido efectuado, era claro, por gente experta. No era un hecho casual, tampoco obra de ladrones ni de delincuentes aficionados.

Pero yo sabía lo que buscaban, y también que no lo habían encontrado. Providencialmente, la noche anterior me había deshecho de todas las evidencias. Estaba seguro de que nadie me había visto ocultar en la maceta el cilindro de plástico. De no ser así, el registro no les habría sido necesario. Pues al fin y al cabo, habían localizado con facilidad mi llamada telefónica. Pero no habían demorado la respuesta. Se habían movido con rapidez. Ahora ya no podría sacar los cristales de su escondrijo, quizás me estuviesen vigilando. Era indudable que lo hacían. Sólo así podían saber que yo no iba a retornar a casa durante su reconocimiento.

Ahora estaba desarmado, a su merced. Nada podía hacer, excepto esperar. Mejor dicho, podía hacer una cosa. Podía llamar a la policía y entregarle los cristales. Podía arriesgarme a hacerlo, claro. Pero, si me decidía a correr ese riesgo, ¿cuánto valdría mi vida? Si estaban al acecho, no me sería suficiente para seguir alentando el tiempo que la policía tardase en llegar a mi casa, por corto que este fuese. Me matarían. Tenía que esperar. Yo sólo había hecho una llamada telefónica. No había ninguna otra prueba de mi implicación en aquel asqueroso asunto. Yo podía ser un simple conocido de Xana, uno de tantos, sin ninguna relación con lo que ellos buscaban. Si no hacía nada inconveniente, si fingía no haber advertido el registro, si continuaba con mi vida normal, si no desenterraba los cristales negros, si... tal vez se decidieran a olvidarme, a considerar mi llamada telefónica como una mera coincidencia. Sonó el teléfono, me estremecí.

—¿El señor Darío Gancedo? —era una voz desconocida, como de hielo. Fría, casi metálica. Un escalofrío me recorrió la espalda.

—Sí, yo soy —traté de aparentar seguridad en mi respuesta, decidí que falsear mi identidad no iba a servir de gran cosa—. ¿Quién llama?

—Eso no importa, de momento —cortó, despectivo—. Digamos que soy alguien que quiere hacer un negocio con usted.

—Perdone, voy a colgar. No hablo con desconocidos —insistí—. Seguramente se ha equivocado de número. O de persona. Yo no hago negocios. Esto es una casa particular.

—No corte la comunicación, por favor. Si lo hace, lo va a lamentar. Está bien. Usted quiere un nombre y se lo voy a dar. Llamo de parte de una amiga común. Sería una pena, para ella sobre todo, que no pudiésemos conversar como buenos amigos.

—No entiendo... —traté de atajar, a la desesperada.

—Deje de fingir. Ya basta. Usted la conoce, es Xana. ¿Entiende ahora?

¡Dios, y vaya si había entendido! Incluso debí dejar escapar un suspiro.

—Está bien, ¿qué quiere?

—Ya se lo he dicho. Solucionar las cosas civilizadamente. Hay otros métodos, más desagradables para todos. Pero tal vez no sea necesario utilizarlos. Usted tiene algo que nos pertenece, y nosotros tenemos a alguien que a usted le interesa. Es así de simple. Negociemos, ¿para qué complicar más las cosas, señor Gancedo? ¿No le parece? Le espero mañana, a las doce en punto en la cafetería Lúa. Me imagino que sabrá dónde es. Estaré solo. Tengo el cabello blanco. Llevaré un traje gris y una corbata a cuadros rojos. Otra cosa...

—¿Sí? —logré articular, por fin—. ¿Qué más quiere?

—No lo tome a mal, sabemos que usted es un hombre inteligente. Pero, por favor, no haga ninguna tontería. No sería bueno para usted... ni para ella ¿Acudirá a la cita?

—Allí estaré —acerté a responder. Un *clic* en la línea puso fin a la conversación.

Cuando dejé el auricular, mis manos temblaban y tenía la camisa empapada en sudor. Había acertado con el camino, mis figuraciones no habían sido delirios de un soñador fantasioso. Ojalá lo hubieran sido. Porque el camino descubierto llevaba al infierno. El ansia o el terror eran mi nueva naturaleza. Si unos pocos días antes, cuando había entrado en los vestidores de aquel gimnasio, me había creído arriesgado detective, ahora sólo podía rezar y maldecir mi destino.

XII

Pasados ya los Pirineos, al otro lado de la frontera, Natalie divisa una procesión de peregrinos, a pie y en bicicleta. El valle del Urrobi la acoge como la matriz cálida de la tierra, con su verdor guardado enmedio de la siega de este julio de fuego. *Orreaga-Roncesvalles*, proclaman los carteles. Tierras navarras. Y ella, recordando viejas lecturas, no puede evitar pensar que el racismo no es cosa nueva, ya lo gastaba hace siglos el clérigo Aymeric Picaud en el *Codex Calixtinus* en lo referente a navarros y vascos, pueblos bárbaros y colmados de maldades según el autor medieval, adornados de todos los adjetivos malignos que uno pueda imaginarse, y lujuriosos hasta el punto de fornicar con los animales de su hacienda o de mostrarse las partes pecaminosas, el hombre a la mujer y la mujer al hombre, mientras se calentaban a la lumbre del hogar. El navarro, además, *da lujuriosos besos a la vulva de su mujer y de su mula.* Natalie no deja de sonreír al asociar los consejos del códice con el recuerdo vivo del ardiente prólogo, en el Vivier-Sur-Mer, de su propia e insólita peregrinación que ninguna fe justifica. Ciertamente, el viejo Picaud no lo aprobaría. Diría lo mismo que Henri: todo su refinamiento de persona con formación arrastrándose por el suelo, literalmente en la horizontal.

Pamplona-Iruña. La ciudad hierve con los Sanfermines. Bulle la multitud abigarrada por las viejas calles de piedra, valladas estos días para los encierros. El barullo de la muchedumbre es intenso, alcohólico. Sabe a sudor y a falta de sueño, tan báquico y caótico como en la fiesta de Hemingway. Charangas, gritos, altavoces, e idiomas entremezclados. Todo es confuso, excepto los uniformes de la celebración: las blusas blancas, los pañuelos rojos anudados al cuello. Natalie no puede evitar oír las conversaciones repetidas, un muchacho norteamericano vino de lejos para morir ensartado por el asta de un toro de lidia. Su sangre, perceptible aún en el pavimento bajo la forma de una dudosa mancha oscura, debidamente amplificada por los *mass media*, hará crecer el mito y atraerá de todas partes del mundo nuevas víctimas propiciatorias para el ritual. Sobre los adoquines, vidrios rotos, plásticos, sacos de dormir, botellas, resacas. Para transitar es preciso sortear, con dificultad, los cuerpos y los residuos. También a los mozos, de pulso y locuacidad acelerados por el vino y por la vigilia, por el olor de la transpiración y de la sangre. Natalie rechaza los repentinos convites de las cuadrillas, su festiva familiaridad. Demasiado ruido para hacer noche aquí. No esperará al próximo encierro, en la madrugada.

Duerme unas pocas horas en un hostal de carretera un sueño ligero y discontinuo, pespunteado por el ruido cíclico de los *trailers* que zumban carretera abajo y hacen vibrar los cristales de la ventana, a pesar de las persianas. La mañana la sorprende contemplando una curiosa capilla de planta octogonal, rodeada por una arcada descubierta, *Eunate*. Grupos de peregrinos se refrescan en el campo o desayunan haciendo una parada obligada tras caminar varias horas, levantados al amanecer para huir del calor que se adivina en las horas centrales del día. Un hombre llama especialmente la atención de Natalie. Es mayor, más cercano a los sesenta que a los cincuenta, pelo largo y barba crecida, canoso, la frente despejada por la alopecia cubierta por una chapela de amplio vuelo, el rostro de profundas arrugas curtido por el sol de los caminos, gafas gruesas de miope, camisa gastada y raídas bermudas, pero con buenos calcetines y gruesas botas que delatan al caminante experto, avezado y previsor. Su aspecto, en conjunto, es una mezcla de bohemio, *hippie* y profesor universitario de acampada.

Sin embargo, su particularidad mayor no está en él mismo, sino en su cuadrúpedo medio de transporte, al que él acaricia con voz dulce, hablándole como a un igual, mientras lo coge del ronzal. Su compañero de travesía es un burro. Sobre el animal, un bagaje variopinto que insiste en el carácter previsor de su amo: un paraguas, un lebrillo de plástico, un bastón, dos grandes sacas bien asentadas en el albarda, sólida pero ligera, sujeta por la cincha y los arreos. El pintoresco personaje no tarda en darse cuenta de que está siendo objeto de una observación detallada.

—Parece curioso que hable con un asno, ¿verdad, señora?

—¿Le molesta que me fije en usted?

—Usted debe de ser gallega. Los gallegos son los únicos que contestan a una pregunta con otra; por más que no lo parece, con su acento francés.

—Vengo de Rennes. No, de Vivier-Sur-Mer —Natalie siente, con este desconocido, la repentina necesidad de ser sincera— ¿Sabe dónde es?

—*Le pays de Dole, à la Bretagne romantique. Oui, j'en sais bien.* Pero vayamos por partes, procedamos con estricto método socrático. Lo primero es el asno. No vamos a traer a colación a Alphonse Daudet, ni al andalusí y tocayo mío, Juan Ramón Jiménez. Bien se ve que es usted persona cultivada, no es del caso abusar de su paciencia. Me limitaré, pues, abrumado por la evidente urgencia del recuento, a un casi paisano suyo, de otro finisterre en el fondo de otra ría, que también visitó la Bretaña, en su día, comprobando las mutuas coincidencias. Alfonso Castelao, Daniel para los amigos. Escribió: los hombres no quieren ser burros, quisieran ser leones, tigres, lobos. En realidad ya lo son: *Homo homini lupus,* para ser obvios. Por eso la palabra burro es un ultraje para ellos. No aprecian a los burros porque ven en ellos las virtudes de los hombres de bien. Y la conducta secular de la especie asnal lo demuestra, los burros llevaron sobre sus lomos a nuestro señor Jesús y a Francisco de Asís, pero nunca llevaron a ningún guerrero. Los burros son sabios, abominan de la prisa. Así que la paz para la humanidad vendrá el día en que todos los hombres quieran ser burros. Fin de la cita, ¿está de acuerdo conmigo en la justeza de estas sabias apreciaciones? —Natalie asiente ante la exactitud de la perorata, con la boca abierta.

—Por cierto, debemos ser educados y hacer las presentaciones. Este hermoso animal que me acompaña, aunque no tan hermoso como usted, si los dos me disculpan tanta sinceridad, es André —el asno que está mordisqueando la rama de un aliso, menea la cabeza de arriba a abajo, al escuchar su nombre.

—Encantada, yo soy Natalie. ¿Está amaestrado este animal?

—¿Quién le ha dicho tal cosa? Los asnos tienen una inteligencia natural que ya quisieran muchos hombres para sí —le tiende la mano a la mujer—. Mi nombre no es tan estable como el suyo. Aquí en Nafarroa me llaman Jon; en Compostela, adonde quizás va usted, me conocen como Xan; soy Juan para los castellanos. Para mis amigos alemanes, de donde era mi madre, soy invariablemente Johann, John en versión británica. Todo son variaciones del Johannes clásico, el hebreo bautista o evangelista, aunque algún filólogo euskera discrepe, llevado por su fervor patriótico. Por lo tanto, seré Jean para usted, si me lo permite; será una variación agradable. Mi apellido, *mon nom de famille*, como dicen ustedes, por más que sea común (y tanto que lo es en este lado de los Pirineos donde, según su dicho, África comienza) también tiene su historia; tanta que hasta a usted le sonará a conocido: García.

—No me la cuente, por favor. Tiene razón, puede que haya abusado de la confianza y haya empezado por el final. Dévaux es mi nombre. Era el de mi padre, mejor dicho, para ser tan precisa como usted –Natalie se siente arrastrada a la locuacidad con Jean, hablando de cosas que lleva enterradas en la memoria–, Carmen Estévez era el de mi madre. No conservo recuerdo de ella, murió cuando yo tenía dos años. Por lo tanto tenemos algo en común, los dos tenemos un pie en cada lado. Su padre era español, y su madre alemana ¿no es así?

—¿Ve usted como no me equivocaba? Usted tiene sangre de Galicia. Y de Bretaña, es obvio. Pero mi caso no es tan simple: no he dicho que mi padre fuese español. De hecho, él vio la luz primera en Tetuán y tenía la sangre mezclada, mestiza como se dice ahora. Algo de árabe, algo de gitano, algo de judío, o mucho, según se mire. Su nombre ibérico muestra que también algo de español; pero, en realidad, yo nací en Toledo por accidente. Mis padres eran de vida errante, de ahí mi devoción por los caminos. De tanto ir y venir por ellos, ya no estoy seguro de ser de algún sitio. Y volviendo al país de Dol, de donde viene usted, mi interés allí fue puramente científico, estuve mensurando el hundimiento del monolito de Champ-Dolent. ¿Conoce la historia?

—¿Se refiere a la leyenda –Natalie se ríe– de que cuando el menhir se hunda completamente será el fin del mundo?

—No se burle, por favor. Nunca se debe burlar uno de lo que no entiende, es un viejo dicho árabe; semejante actitud puede traer funestas consecuencias. Recuerde si no las profecías de Fátima, ¿acaso no ha caído el comunismo en Rusia?

—Tiene razón. Ayer me dieron el mismo consejo, en Mont-de-Marsan —se pone seria, aunque sólo sea por contentarlo—. ¿Y cuánto nos queda, entonces, para el fin del mundo?

—Veinticinco mil trescientos años, y ocho meses, según los datos al día de mis investigaciones, si los cronistas medievales no erraron en la medición —responde Jean sin vacilar un segundo—. La piedra hita exenta de Champ-Dolent medía, hace menos de un año al día de hoy, calculando por el método tradicional de la sombra equinoccial, ocho metros setenta y nueve centímetros y dos milímetros. Hace exactamente ocho siglos, en otro equinoccio semejante, la altura de la piedra, una vez pasada a las medidas actualmente en uso, era de nueve metros y siete centímetros —recita sin la menor sombra de vacilación—. Esto nos da una penetración en el substrato de cero punto tres cuatro siete cinco milímetros por año. Dividiendo la altura aún aérea por el coeficiente medio de hundimiento, obtenemos la cifra antedicha. Resumiendo, que tenemos tiempo más que suficiente para tomar un bocado —Jean abre las alforjas y saca de ellas pan moreno, queso y chorizos que huelen a gloria.

—Siéntese conmigo, tenemos sombra, agua fresca, compañía agradable, y hasta un decorado inmejorable —señala la singular iglesia—, *Eunateko Andra Mari*, fundación templaria de arcanos simbolismos, monumento funerario o linterna de peregrinos, ¿quién sabe? En cualquier caso, ¿qué más podemos pedir?

Por primera vez en mucho tiempo, Natalie está tentada a darle a alguien la razón.

—¿Así que usted viaja a su matria?

—¿Matria? ¿Quiere decir patria? Compostela no es la mía —Natalie mira a Jean, con la sorpresa pintada en el rostro.

—Perdón, pero yo he preguntado bien. Ha sido usted la que no ha entendido. Matria, dije; y *matria* quise decir. Aunque el término sea puramente poético, y no político como su análogo, y perdone tanta aliteración que ya va pareciendo una letanía. La prosa sin aliento poético que la fecunde es letra muerta. La cosa está clara. Matria: *tierra de la madre*, así como patria es la tierra del padre. Usted y yo somos un poco, o un mucho en mi caso, apátridas, permítame la licencia; si bien presumo que por distintas razones. Pero jamás podremos ser amátridas. La tierra de la madre tira de nosotros, incluso en el subconsciente, como la luna impele al agua en las mareas. Usted no ha visto la tierra de su madre, y lleva en su fondo ese vacío de la matria desconocida. Por eso viaja a Galicia.

—Si usted lo dice, será cierto. El caso es que a mí nunca se me había ocurrido plantear las cosas de esta manera...

—El peor observador del propio paisaje interior, o sea, de la auto-sicología, es uno mismo. Es cosa de antiguo sabida —corta Jean, impulsivo—. Dicho vulgarmente: *no se puede ser a un tiempo juez y parte*. Si no es así, ¿por qué viaja usted a Compostela?

—También me hicieron ayer la misma pregunta y tampoco supe qué contestar. Supongo que por accidente; o por azar, si lo prefiere.

—*A la causa desconocida llaman los hombres azar* —recita Jean, displicente—. Nadie *viaja* por casualidad. Repare en que no digo: nadie se desplaza... No, usted viaja. ¿Es posible que sea tan ingenua? Déjeme ver la palma de su mano.

Natalie alarga su mano derecha, más asombrada a cada paso.

—¿La derecha? Por favor, no —corta el hombre, nervioso, como si los rudimentos de la disciplina quiromántica fuesen de uso corriente—. La derecha es lo que mostramos, lo evidente. La izquierda lo que somos, lo transcendente, etimológicamente, lo que traspasa...

—Perdone... Yo, estas cosas... ¿También estudió quiromancia?

—Por supuesto, si por estudiar se entiende la herencia genética. Ya le he dicho que llevo sangre gitana. Un pueblo milenario con milenarios saberes... —Jean estudia absorto la mano extendida en las suyas, como si leyese en las páginas de un libro abierto—. ¡Ajá!, está claro... Justo, justito lo que sospechaba.

—Perdone que le interrumpa, ¿qué es eso tan evidente para usted? Yo no veo nada...

—¿No ve o no *mira?* La línea de la vida —señala una de las líneas largas de la palma de la mano— aquí está, ¿no la ve?, se interrumpe, de un día para otro, en la mediana edad ¿Usted tiene cerca de cuarenta años, ¿verdad?

—Eso es evidente.

—Pues bien, esto no es menos evidente. A esta altura de su vida hay un cambio brusco. Su línea de la vida desaparece.

—¿Quiere decir que voy a morir pronto?

—Ciertamente. O no. La vida y la muerte no son términos absolutos, como sabe. Fíjese, parece que la línea se reanuda más adelante, pero presenta una forma distinta. Curioso —Jean suelta la mano de Natalie, una vez concluido el examen.

—¿Y eso qué significa?

—No lo sé, *madame*, no sé más; y aunque lo supiera, tampoco se lo diría. Sería contrario a las reglas. Tendrá que descubrirlo por usted misma.

—¿De qué reglas me está usted hablando?

—¿Qué reglas? ¿Qué reglas van a ser? Desde luego no las de la menstruación, disculpe la franqueza. Las reglas del viaje.

—¿Qué dice? Yo no sigo ninguna regla en este viaje, excepto la de escoger la carretera más derecha. Voy por libre.

—¿Está usted segura de eso? ¿Completamente segura? Las cosas no son siempre lo que parecen. La recta no es, necesariamente, la distancia más corta entre dos puntos. Todo tiene una segunda lectura. Veamos un ejemplo tomado de nuestra cercanía inmediata —señala la ermita de Eunate—. ¿Ha jugado usted alguna vez a la Oca?

—¿Se refiere al juego de mesa? Pues claro, de pequeña, como todo el mundo... Es un juego muy popular.

—De pequeña, de pequeña... ya estamos. La Oca no es un juego de niños ¿Acaso un niño puede siquiera entender los viajes de Gulliver? Swift se estremecería en su tumba sólo con la idea. Leamos las cosas como fueron escritas, más allá de las mixtificaciones –Jean saca un extraño pergamino de las alforjas y lo extiende. Está totalmente garabateado por diferentes anotaciones de color; para Natalie lo representado, un complicado dibujo a medias casillero y mapa, es del todo ininteligible. Ahora ya está segura de que el tal García, de nombre como-se-llame, está loco, que su cabeza es una completa regadera, pero finge prestar atención.

–La oca era un animal sagrado para los romanos, y ya mucho antes. Su nombre, con múltiples variantes que no voy a detallar, se repite una y otra vez en los topónimos de lo que hoy, cristianizado, llamamos camino de Santiago. La oca, o ánade, es animal emblemático, como el dragón: nada, vuela, corre. Recoge por lo tanto, los tres elementos clásicos: agua, aire, tierra, y, además, de manera implícita, el cuarto, el fuego que lo vivifica todo. Lo que hoy, trivializado, designamos como *juego de la oca* no es más que un derrotero, un itinerario antiquísimo. Observe –Jean señala una de las figuras que se repite en el pergamino–. En el Juego de la Oca hay trece ocas numeradas en el tablero, incluyendo la final, que es evidentemente distinta de las otras, de otra naturaleza. Digamos pues *doce más una*, ya que el trece era en el Medievo un número maldito, el número del apóstol Judas, el traidor. Curiosamente, Picaud, en el *Codex Calixtinus*, que usted, sin duda, conocerá, habla de trece jornadas entre Port de Cize y Santiago. Pero, y aquí está lo curioso, las trece etapas de Picaud son muy desiguales; las hay de veintiún kilómetros y también las hay, en las medidas actuales, de ochenta y cinco. El número de casillas, sin embargo, entre oca y oca del tablero sigue siempre una misma relación: hay que andar cuatro casillas de la primera oca a la segunda, cuatro de la segunda a la tercera, cinco de la tercera a la cuarta, cuatro de la cuarta a la quinta, cinco de esta a la siguiente, etcétera. La serie completa sería: 5-4-5-4-5-4-5-4-5-4-5-4. Le hago notar que las primeras versiones del juego, las más antiguas, como la egipcia de la Biblioteca Vaticana, tienen una casilla adicional de principio por lo que la alternancia inicial, perdida en la mayoría de las versiones actuales, se mantiene. Partiendo de la premisa, perdón, del axioma de que todo viaje humano es el mismo viaje, sea por el tablero simbólico o por las piedras del suelo, ¿quién está equivocado, el códice o el tablero? Conteste.

—No sé —una Natalie desconcertada mira a la cara de un Jean expectante, exaltado por la alocución y, ya puestos a desbarrar, arriesga la respuesta más ilógica—. ¿El códice?

—¡Exacto! —como otro Arquímedes que exclamase *Eureka*—. También Margarite Duras, al abordar un mismo argumento, miente más cuando hace autobiografía que cuando hace novela. Picaud sólo penetró en la epidermis del camino. El juego es anterior al códice, del mismo modo que el camino es anterior a Compostela. Los analistas superficiales del códice, por otra parte grandes eruditos (digo lo de *superficiales* en un sentido iniciático, aunque abomine de esta palabra) desde Filgueira Valverde hasta Bravo Lozano, pasando por Vázquez de Parga, hablan de que el códice expresa bellamente el sentido vago, propagandístico y poetizante de la división en etapas del camino. Pero olvidan lo más evidente, el códice fue en su tiempo una guía práctica, divulgativa, del camino; no es una pieza literaria, por más que hoy la leamos así, como leemos mal *Los viajes de Gulliver* o los cuentos de hadas. El esteticismo vacuo era completamente ajeno a la mentalidad antigua. ¿Cómo podía entonces ser *vago* el códice, en el sentido de poco preciso, en una cuestión tan esencial?

–¿Adónde quiere llegar? Le confieso que ya no entiendo nada.

–A lo siguiente: no es la distancia en kilómetros lo que cuenta, y tampoco importa si se hace el camino a pie, a caballo o en automóvil. El único viaje, ayer y hoy, es el interior. Todo el resto es mera apariencia, disfraz. Lo importante son los números, la esencia pitagórica de las cosas, el cinco y el cuatro. Hay nueve pruebas u obstáculos en el Juego de la Oca, las ocho primeras son, a saber: el puente, la posada, los dados, el pozo, el laberinto, la cárcel, los dados de nuevo, la muerte. Estas ocho pueden reducirse a cuatro, obviando las duplicidades, porque evidentemente ocho es igual a cuatro por dos. Son cuatro pruebas más una, la esencial, la irreductible: el número exacto que es preciso sacar de una sola tirada para entrar en la meta, la única dificultad que no está localizada en ninguna casilla concreta del tablero. Lo demás no cuenta.

–Y de acuerdo con su fantasía, ¿en cuál nos hallamos ahora?

–En los dados, evidentemente, el albur juega por nosotros. Juzgue sino: usted va a Compostela, yo a la Provenza, en concreto, a la reunión de los gitanos en la Camargue. Llevamos sentidos opuestos. Coincidimos, sin pensarlo, en esta encrucijada, donde los cuatro caminos franceses se juntan. Quizá usted no vuelva a verme más, y tampoco yo a usted, lo presiento. Pero este encuentro tan atípico, esta conversación casi monologal, traerá consecuencias decisivas para los dos. O tal vez no. *Vielleicht*, como dicen los teutones.

—¡Alto! Un momento, usted ha dicho que el azar no existe.

—Y sigo diciéndolo. No hay contradicción. No existe la fortuna como principio, pero sería absurdo negar su papel como mecanismo, ¿no le parece? Fíjese en que los dados y los puentes son las únicas figuras, aparte de las ocas, que se repiten en el tablero. Hay dos casillas con dados. Ya ha habido más ocasiones en las que el azar ha jugado por usted en este viaje, ¿me equivoco?

—No del todo. Es delirante, usted está loco de remate; pero su delirio aparenta tener cierta lógica, aunque sea inverosímil...

—Que no le extrañe, *madame*, el juego es una cosa muy seria.

—Entonces, ¿qué es lo que está en la casilla final, la de la meta? ¿Santiago de Compostela?

—¡Claro que no! Lo que hay al final tendrá que descubrirlo usted, si continúa el juego. Bien, creo que este pobre viejo ya ha abusado demasiado de su paciencia —Jean enrolla el pergamino, se pone la gorra, se limpia las gafas con un paño mugriento y asegura las alforjas. Le tiende la mano para despedirse.

—No la entretengo más. Es hora de seguir nuestros viajes. *Au revoir, madame,* ha sido un placer impagable su compañía.

Ya de espaldas a ella, el jumento tras él, su mano derecha en el cayado, la izquierda en las riendas, el hombre se vuelve.

—Por cierto, si aún no se ha dado cuenta, Compostela es la casilla cincuenta y ocho.

—¿Cincuenta y ocho? ¿Y qué hay en la cincuenta y ocho? —pregunta Natalie, boquiabierta.

—La Muerte, por supuesto —refrenda el estrafalario Jean, apurando el paso y desapareciendo hacia el Este.

XIII

Es realmente un milagro que todas las cosas sigan en su lugar, que la mesita de noche, las alfombras, las llaves de la luz que pulsas, los cuadros de las paredes, las flores, las puertas, la taza del escusado donde vomitas, el agua de la ducha que lava tu piel desnuda y no obstante no podrá lavarte por dentro, que todas las cosas, aparentemente al menos, continúen teniendo la misma consistencia, la misma realidad corpórea, tangible e indiferente a tus avatares, Xana... El reloj, con las diecinueve veintiocho, la ventana que muestra un cielo negro de plomo y una deslumbrante Park Avenue, titilando con miles de luces, el ropero en el que escoges con cuidado las prendas para vestirte e ir a cenar con tus compañeros, la bolsita con los cristales sobre la cama, los nueve oders, *ahora todos envueltos por el celofán..., todo está aún en su exacta disposición. Recoges la bolsa, la envuelves en una pequeña gasa blanca, la sujetas otra vez dentro de tu sostén, acabas de vestirte, el maquillaje que disimule los surcos dejados por las lágrimas alrededor de tus ojos oscuros que esconden extrañas hambres y tantos dolores, esos ojos enmarcados por el pelo corto, liso, en tu rostro de finos rasgos.*

Una copa en el snack *antes de encararte con los colegas de oficio, una copa solitaria en el bar del sótano del hotel, la penumbra y un nocturno de Chopin de fondo musical en el ambiente. Soledad. Desolación de los naufragios. Las notas del piano parecen llorar oscuramente, tan oscuras y solitarias como las veredas de algún sitio, las del fondo de tu alma por las que transitas por veces negra sombra que te devora con sus filos de cristal.*

Negra sombra que vuelve que nunca se va que acecha como el buitre la maldición la muerte incluso en la mesita baja cercana al butacón de cuero en el montón de prensa efímera cosecha tanto papel que mañana en pocas horas será basura la prensa que no acostumbras a mirar Xana las noticias jamás son buenas no puede ser de otra manera de seguro las buenas noticias no venden tanto y para colmo tiene que estar un diario en español encima de la pila junto a caracteres chinos eslavos árabes mezclados con el francés inglés of course *alemán y tantos otros* "Macabro hallazgo" *está claro en esta ciudad todos los hallazgos son macabros para qué continuar no vale la pena siempre es lo mismo idéntico morbo podrido y no obstante te maldices aun Xana por la curiosidad malsana que te obliga a seguir leyendo leer aún a pesar de todo cuando te sientes tan muerta por dentro* "Jóvenes descubren bolsas con restos humanos" *y mirar la foto unas bolsas de basura ordinarias arrugadas vacías negras más negras todavía que el gris de la fotografía que el fondo de ti misma tiradas en el cemento oscuros líquidos fluyendo un joven fuerte alto de cabello oscuro muy corto parado tras ellas y el pie de foto:* Un grupo de jóvenes que limpiaban el estacionamiento del edificio de vivienda pública *Borinquen*, localizado en el 60 de la calle Moore en el barrio de Williamsburg, encontraron las bolsas con restos humanos, *y lees el nombre del redactor Juan Prado Viajande el nombre tan semejante al tuyo tan gallegos los apellidos apenas teñidos ligeramente camuflados por la ortografía mesetaria y lees todo sin parar la página entera hasta perder el aliento.*

Un grupo de jóvenes que participa en el programa juvenil de empleos de verano de la ciudad *Summer Youth Employment Program* descubrieron ayer tres bolsas plásticas que, en vez de estar llenas de basura, contenían varias partes de por lo menos un hombre y una mujer. El macabro hallazgo tuvo lugar poco después de las 9 a. m. de ayer en la parte trasera del edificio de vivienda pública *Borinquen*, localizado en el 60 de la calle Moore en el barrio de Williamsburg, mientras un grupo de jóvenes del citado programa limpiaba el estacionamiento de la vivienda, dijo una portavoz policial.

Enrique Pérez, de 16 años, uno de los jóvenes, indicó que él y otros habían limpiado el estacionamiento el martes, y que dichas bolsas no estaban allí. "Tratamos de levantar las bolsas, pero como pesaban mucho, abrí una de ellas", reiteró el joven hispano. "Al abrirla, vi cuatro piernas, y respiré profundamente... no quería ver nada más".

El hispano, quien gana cinco dólares a la hora, dijo que salió mucha sangre de la bolsa. "Primero pisamos las bolsas, y estábamos jugando, pero como no se podían levantar, abrimos una de ellas".

La portavoz policial, Angie Martínez, indicó que dos de las tres bolsas contenían dos torsos, y la otra brazos y piernas.

Fuentes cercanas al caso señalaron que alguien, que no vive en la mencionada vivienda pública fue quien arrojó las bolsas con los restos humanos en el estacionamiento durante la noche del martes o la madrugada de ayer.

"Como las bolsas pesaban mucho, abrieron una y salieron manos y brazos", dijo Osvaldo Garrigues, de 49 años, que trabaja en las inmediaciones del lugar en que se produjo el horripilante descubrimiento.

"Estaban muy nerviosos; después de todo, ver partes de seres humanos no ocurre todos los días", manifestó Garrigues, que cuando se dirigía a su trabajo vio que los jóvenes estaban siendo consolados por agentes policiales.

Las bolsas con los restos humanos estaban apoyadas en una pared del estacionamiento, según informaron vecinos de *Borinquen*. "Yo no creo que haya sido nadie que viva aquí, pero una nunca sabe", dijo una vecina que no quiso ser identificada.

La policía señaló ayer que desconocía las identidades de la pareja que fue descubierta descuartizada y si los restos pertenecían efectivamente a dos o más personas. Las cabezas de ambos cuerpos todavía no han sido halladas.

"El cuerpo del hombre parecía blanco, y el de la mujer trigueña", agregó Garrigues.

Los detectives del cuartel 90 trataban ayer de identificar a las víctimas de este espantoso crimen, sin precedentes en este muy caluroso verano que padecemos, que, hasta ahora se había caracterizado por una criminalidad relativamente escasa.

Los escalofríos recorren tu cuerpo arriba y abajo, Xana, precipitándose como relámpagos en todas las direcciones de tus sinapsis neuronales, mientras sorbes mecánica el bourbon *y pides otro al camarero con un ademán. No puede ser, no debería guardar relación y sin embargo... Williamsburg está en Brooklyn, muy hacia el sur de Queens, y cosas como estas, hallazgos tanto o más macabros, suceden en Nueva York a diario. Mera coincidencia, eso tiene que ser, decides, decidirás, o quisieras decidir mientras el alcohol del aguardiente de grano, fuego líquido, resbala por tu garganta, mientras que tu mano imperceptiblemente tiembla.* También esto, señor, también esto, ¿será posible? *Pero no, no puede ser. Esto es sólo un crimen pasional, uno de tantos que se dan en esta ciudad desquiciada, los restos de un hombre y una mujer desnudos. Tuvo que ser el marido, el novio o el amante de uno de ellos, que no aguantó la cornamenta por más tiempo y se vengó con saña; tal vez lo hizo para él un profesional, un asesino a sueldo. Seguramente los mató lejos, ni siquiera en Nueva York, y trajo los restos a Brooklyn, a un edificio de pisos baratos en donde campan los hispanos. Para el asesino el vertedero de basura y las viviendas sociales de los morenos deben ser equivalentes. Los cuerpos parecían de dos blancos, según el testigo citado por su nombre. Las bolsas no estaban allí el martes y sí lo estaban el miércoles por la mañana. Pero hay muchas contradicciones en esta nota de prensa, se desconoce si los restos pertenecían en efecto a dos o más personas; dos torsos, es lo único claro de la página, dos cuerpos* por lo menos. *El tal Garrigues no parece ser muy fiable, vio que los jóvenes estaban siendo consolados y echó una ojeada a los restos, según él mismo, ojeada que parece imposible que cualquier policía hubie-*

se consentido. Por otro lado, Pérez y sus colegas estaban jugando, ellos mismos lo confiesan, al tiempo que limpiaban, ¿limpiarían efectivamente el martes lo que tenían que volver a limpiar el jueves y seguramente el sábado, tres veces por semana para el programa de empleo público temporal del distrito...? "Una nunca sabe", la frase pronunciada por una vecina, seguramente gorda y habladora, sentencia vieja escupida con acento meloso, dulzón, caribeño tropical, pese a los inviernos fríos de la metrópoli norteña...

Una nunca sabe, *lo malo es que tú sabes, Xana, para qué seguir con este juego estúpido de detectives, ni siquiera como entretenimiento, con este autoengaño burdo para no encarar lo evidente, ni modo. Subterfugios, pretextos, disquisiciones, excusas, disculpas que ni a ti misma convencen, porque* sabes, *más que el redactor de la noticia, más que el fotógrafo y la policía, y quisieras no saber, o no haber mirado el periódico al menos, pero ahora es tarde, otro camino sin vuelta, porque golpeas la frente contra el mostrador lacado del bar y tiemblas, sin lágrimas ya, sin fuerzas, sin recursos para afrontar el horror, el espanto que no pueden ocultar por más tiempo estas ocho fatídicas palabras, resonando en los abismos de tu ser, de tu tiempo contado:* Las cabezas de ambos cuerpos todavía no han sido halladas.

XIV

¿Será necesario decir que a la hora de la cita en la cafetería allí estaba yo, más muerto que vivo, aterrorizado ante la perspectiva de enfrentarme a mi interlocutor, y sin embargo condenado a hacerlo, sin ninguna otra alternativa? Crucé las puertas de cristal. Lo vi tan pronto entré, mirándome de hito en hito, a pesar de que el local estaba completamente abarrotado de gente, ruidoso hormiguero del mediodía. Era un hombre alto, de edad indefinida a pesar de su pelo cano, ni joven ni viejo. Iba vestido tal y como me había dicho, destilando, en su mismo porte, evidencias de poder y dinero. Si hubiera de definirlo en pocas palabras, tendría que acudir a las de Ende cuando escribía sobre sus hombres grises, pero presiento que tal descripción no dejaría de ser contingente. Baste con precisar, pues, que, como ellos, tenía algo de cadáver andante, algo de vampiro en unos ojos que rezumaban malignidad. Recuerdo cada detalle de aquella entrevista, en sus más ínfimos pormenores. Si ahora, después de tantos años, cierro los ojos, vuelvo a verlo todo como en una película. El hombre gris, esperando con parsimonia, y un joven inexperto, yo, que se le aproxima tratando de aparentar serenidad. No se levantó ni hizo ademán de saludarme. Se limitó a extender la mano para señalarme la otra silla de la mesa, displicente.

—Siéntese, por favor, señor Gancedo. Me agrada que sea usted puntual. ¿Qué quiere tomar?

—Un café, gracias —el hombre hizo una seña al camarero y, al acercarse éste, le transmitió el encargo. Me asombró la rapidez con que nos sirvió, no obstante la abundancia de clientes, celeridad que relacioné con cuantiosas propinas.

—¿Quién es usted? ¿Qué es lo que quiere de mí?

—¿Qué importa mi nombre? Debe frenar su impaciencia. Saberlo no le diría nada, e incluso no le conviene. Digamos que soy el delegado de una empresa multinacional en este territorio. La segunda respuesta va implícita en la primera: ¿debo manifestarle que usted ha invadido una de las áreas de nuestro negocio, apropiándose indebidamente de un género que no le pertenece?

—¿Un género? ¿De qué me está usted hablando?

—Lo sabe perfectamente. Nueve *oders*. Unas piedrecitas negras de asombrosos efectos —el hombre no dejaba, ni por un instante, de escudriñar mi rostro, atento a mis reacciones hasta en su mínimo detalle—. Tienen muchos otros nombres. Hay quien los llama *orkens*, en una curiosa inversión del término *nekros*, supongo que sabrá usted algo de griego. Pero ya veo que desconocía tales denominaciones. Por otro lado, tampoco dudaría del hecho de que usted ha experimentado ya sus efectos. Basta con percibir, en su cara, las reacciones fisiológicas involuntarias ante esta sencilla mención. Sudoración, rigidez muscular. Ha palidecido, se han dilatado un tanto sus pupilas. Usted puede mentir, pero su cuerpo no. Devuélvanos los *oders* y olvidaremos el asunto. Para siempre.

—Aún no he dicho que los tuviera —repliqué, intentando recomponerme—, pero quiero saber lo que son, antes de seguir hablando.

—No es preciso que me lo diga. Si no los tuviera, no estaría aquí —atajó fríamente.

—Han registrado mi casa, ¿no es cierto? ¿Qué más piensan hacer? Tengo derecho a saberlo. No está contestando a ninguna de mis preguntas.

—¿Para qué, señor Gancedo? Ya sabe demasiado. No debió utilizar esos cristales. Ese género no es para gente como usted, un vulgar estudiante. Un paréntesis: no se me ofenda: *aurea mediocritas*, reconozco que tiene que haber personas así. Incluso son necesarias, aunque no para esto. Admítalo ya, está desconcertado, y desbordado. No sabe cómo enfocar este asunto. Es demasiado grande para usted. Los *oders* son nuestros. Deje que nosotros nos encarguemos de ellos.

—¿Es todo cuanto me tiene que decir? ¿Para esto me ha hecho venir? —me levanté—. Podíamos habernos ahorrado los dos el viaje. Registros, insultos, amenazas... ¿Qué es lo que viene ahora? ¿Cuál es el episodio siguiente?

—Veo que insiste, señor Gancedo. Es usted porfiado. Siéntese. O váyase, si lo prefiere. Pero tenga cuidado al cruzar las calles. Puede ser atropellado. Y, a lo mejor, no muere en el atropello. Lo llevaremos nosotros mismos al hospital, tal vez confundamos el camino. Sería una lástima —su tono de voz no había cambiado lo más mínimo con la amenaza. Yo seguía escrutando su mirada fija en mí. Dudé, me senté de nuevo.

—Los *oders* son vehículos transmisores de las experiencias sicosensoriales fijadas en el neocórtex cerebral humano. Se mantienen inactivas cuando están separadas del contacto neuronal y *reviven*, por expresarlo del modo más burdo y comprensible para usted, cuando entran en relación con las terminaciones nerviosas periféricas de cualquier sujeto. Su intensidad de realismo, otra tosca metáfora, es superior a cualquier realidad virtual. Los *oders* no son ficciones perfeccionadas, ni artefactos imaginativos, ni siquiera transmisiones de recuerdos ajenos. *Son*, literalmente, *fragmentos de otras vidas*, que se reconstruyen de manera sincrónica con total y absoluta veracidad, ya lo habrá visto. ¿Satisfecho ahora? —quedé boquiabierto—. He aquí su rareza y su altísimo valor, superior al de cualquier droga o al de cualquier gema preciosa, que ambas cosas son. La especie humana siempre viajó, desde su más remoto origen. Pero todos los viajes tenían un inconveniente, hasta ahora. ¿Adivina cuál?

No me fue posible responder de inmediato, asombrado como estaba ante aquella explicación.

—Exacto —continuó, sin esperar mi tardía respuesta—. Sin duda lo que está usted pensando. Por lejos que uno se marchara, siempre viajaba con su peor enemigo: uno mismo. Ahora no, no con los *oders*. Si usted fuese multimillonario, ¿cuánto pagaría por tomarse unas vacaciones fuera de sí mismo?

—Es fantástico —asentí, con la boca abierta de estupor—. Parece magia, no ciencia. Esto va a revolucionar la sicología, la medicina, la...

—Por favor, señor Gancedo. Vayamos despacio. Antes de que sea del dominio público, debemos recuperar nuestra inversión. Privadamente, por supuesto, ¿no le parece? Después de todo, siempre aconteció así a lo largo de la historia. Usted mismo lo ha dicho. La ciencia fue magia primero, efectivamente. La química fue antes alquimia.

—¿Y el coste de su fabricación? —me mordí la lengua, no bien lo escupí. Maldecí mi temeridad. Los nervios habían vuelto a traicionarme.

—El coste de su fabricación, ¿qué quiere usted decir?

—Sabe perfectamente lo que he querido decir: los que vivieron originariamente las experiencias contenidas en los *oders* están muertos, ¿no es así? —sabía a lo que me arriesgaba al enseñar mis cartas, y temblaba. Pero estaba decidido, ya no podía callar.

El hombre gris me estudió de nuevo y se tomó su tiempo para responder.

—¡Vaya con el señor Gancedo! Lo hemos subestimado, por lo visto... —no se había amilanado, seguía desafiante—. Bien, ¿y si así fuese, qué? ¿Acaso la medicina no experimenta también con cadáveres? Dejémonos de viejos escrúpulos, ya hemos hablado más de la cuenta los dos. No me haga perder más tiempo, soy un hombre muy ocupado. ¿Nos va a devolver los *oders* por las buenas o tendremos que convencerlo? Ahora es usted quien debe contestar.

—¿Y Xana?

—¡Ah, claro! Aún nos faltaba ese detalle, la mujer... ¿Por qué le interesa tanto? ¿Es su novia acaso? Es algo mayor para usted, pero no está mal, le reconozco el gusto... —el hombre gris frunció el entrecejo—. Ella está bien, no tenga cuidado.

—¡Quiero verla! —interrumpí en un impulso repentino, sin pensar lo que decía— Si no la veo, no hay trato.

—Continúa asombrándome, señor Gancedo. Es usted sorprendente. Si me aceptase otro consejo, le diría que su enamorada no le conviene. Es inestable, autodestructiva, mentirosa compulsiva...

—¡Ya basta! —enrojecí, como si realmente la conociera— ¿Qué le han hecho?

—Nada, de momento. Nos hemos limitado a esperar. No íbamos a esperar mucho tiempo. Pero, por fortuna para ella, usted ha aparecido.

—¡Acabemos con esto! ¡Quiero verla, de lo contrario nunca tendrán esas piedras!

—Tranquilícese, señor Gancedo. Usted la quiere ver, y la va a ver. Y, una vez vista, vamos a zanjar esto. ¿Quiere dinero? ¿Quiere a esa mujer? Podemos llegar a un acuerdo. Todavía puede salir con bien de esto. O no, de usted depende. Su baza es muy peligrosa, es usted muy inexperto, no nos engañemos. Está usted jugando de farol y lo sabe. Vamos a dejarle hacer, por ahora. El dinero no es mayor inconveniente para nosotros. Pero nuestra paciencia tiene también su límite. Podemos hacerlo desaparecer en un instante. Si aún no lo hicimos, ha sido por ahorrarnos trámites enojosos. Usted es un don nadie que va hacia ninguna parte, y esa fulana es otra igual. Podemos aceptar que quieran sacar tajada. Pero... —su mirada cortante, asesina, me taladró, sentí que me cortaba por la mitad— escuche estas palabras, señor Gancedo, escúchelas y grábelas bien, no voy a repetírselas: si hoy no llegamos a un acuerdo, ninguno de ustedes verá mañana la luz del día —se levantó—. Piénselo bien, no haga tonterías y vivirá. He dicho.

—Espere, ¿dónde podré verla, y cuándo?

—Esta tarde. En el paseo central de la Alameda, en el banco grande de hierro, cerca de la fuente. A las seis.

Se marchó sin volver la cabeza, dejando un billete encima del platito con la cuenta, y mi corazón envuelto en tinieblas.

La tarea para la que había sido contratado en la gestoría estaba casi concluida. Me excusé por teléfono de mi ausencia ese día, pretextando que debía atender de nuevo a mis estudios. Después llamé a la agencia de trabajo temporal que me había contratado, solicitando la liquidación. Era consciente de que, fuese cual fuese el resultado de la nueva entrevista, o la resolución que tuviese la historia en lo sucesivo —resolución tan incierta, por lo demás, que yo era incapaz siquiera de vislumbrar—, nada volvería a ser igual. Por la mañana, en la cafetería, en la conversación con aquel hombre, había traspasado el punto del no retorno. Mi mente, todo mi ser, no podía centrarse ya en otra cosa, a no ser el desenlace de aquellos fatídicos episodios encadenados en los que me habían precipitado el azar y mi imprudencia.

Aunque la Alameda estaba concurrida, el banco de hierro aparecía vacío. El sol caía de lleno sobre él. Pasaban ya unos minutos de las seis. Me senté allí, y en verdad deseé que nadie apareciese, que todo fuese una broma pesada, un colosal malentendido. Mas no, aparecieron enseguida. Se acercaban tres personas, las tres con gafas de sol. Venían del robledal y se dirigían directamente a mí. Eran ellos: dos hombres altos, de traje oscuro, pelo corto y aspecto de guardaespaldas. Podrían ser clónicos, tanta era su semejanza. Debían ser los mismos que yo había visto fugazmente la tarde, ya lejana, del secuestro; pero ni aún hoy sería capaz de precisarlo con exactitud. Ninguno de ellos era el que había hablado conmigo aquella mañana.

La mujer, entre los dos, vestía con elegancia, aunque con ropa más informal. Era bonita, de cuerpo bien formado, de unos treinta y pico años, facciones agradables y cabello oscuro. Jamás la había visto antes. Tenía que ser Xana. Me levanté y fingiendo seguridad, aunque lleno de dudas, fui hacia ella.

—Aquí tiene a la mujer... —se me encaró uno de los hombres. Pero ya ella venía a abrazarme. Se había quitado las gafas oscuras, quedé prendido de sus ojos. Me apretó con fuerza, como si le fuese la vida en ello.

—Bésame, abrázame —me musitó al oído—, por lo que más quieras. Abrázame, o estamos perdidos—. No me hice de rogar. Al momento estaba yo haciendo lo que ella me pedía. Nunca había recibido orden más agradable. Los hombres nos miraban a escasa distancia. La estreché contra mí. La besé intensamente, con pasión, en los labios. Me fundí en su calor. Nunca beso alguno me supo como aquel: el ardor del abrazo de una completa desconocida, bajo las miradas extrañas.

—Ya basta —ordenó el hombre que había hablado, imperativo—. Acaben ya con las efusiones. Señor Gancedo, estamos aquí para hacer un trato, ¿recuerda? Ya ha visto que la mujer está bien...

—Quiero hablar con ella a solas, sin testigos. Eso es lo que pedí esta mañana.

—Me temo que no va a ser posible —Xana estaba a punto de llorar de rabia. El otro hombre tiraba de ella sin muchas contemplaciones, alejándola de mí.

—Tiene que ser, o empiezo a gritar ahora mismo —me encaré con él, firme y decidido—. Si no quieren, van a tener que matarnos a los dos aquí mismo. Iremos al robledal por donde ustedes han venido. Allí hay menos gente —cogí la mano de Xana e hice ademán de empezar a caminar—. Iremos sólo unos pasos por delante de ustedes. Lo justo para que podamos hablar de nuestras cosas. Si sospechan que tratamos de huir, podrán dispararnos sin testigos. ¿De acuerdo?

—Diez minutos —concedió el hombre a regañadientes—. Es todo lo que tienen —hizo una señal al otro para que aflojase a la presa.

—Suéltala. Después, tan pronto como acaben de hablar, quiero una respuesta.

—Descuide, la va a tener —pasé el brazo por el talle de Xana y ella por el mío. Comenzamos a andar despacio, como dos enamorados, entrando en la espesura, sin hablarnos todavía.

Unos instantes más tarde, miramos hacia atrás. Los dos hombres se mantenían a prudente distancia, con las manos hundidas en los bolsillos de sus americanas. Sentía escalofríos, a cada momento imaginaba los bultos de las pistolas apuntando a nuestras espaldas. Cuando juzgué que ya no podían oírnos, le hablé en voz muy baja.

—¿Qué es lo que quiso decirme antes? ¿Por qué...? —comencé, mas ella me interrumpió.

—¡Calla, no hay tiempo para explicaciones! —su voz tenía un curioso acento musical, que no identifiqué entonces—. ¿Sabes lo que quieren? ¿Tienes los *oders*?

—Sí —respondí de inmediato sin pensar en lo que decía, cautivado como estaba por su encanto. Y tan pronto como lo dije, me arrepentí. ¿No podría ser todo una estratagema para derrumbar el tambaleante edificio de mis negaciones? ¿No sería todo una confabulación?

Pero Xana seguía hablando, sin concederme tiempo de hilvanar semejantes ideas. No tardaría en desecharlas para siempre.

—Escucha, escúchame bien, Darío, por lo que más quieras. No me conoces y sé que desconfías. Tampoco yo estoy segura de ti, pero ninguno de los dos tenemos otra alternativa. Tienes que hacer exactamente lo que yo te diga: promételes que les vas a entregar los *oders*.

—¿De verdad quieres que se los dé? ¿Cómo sabes que podemos fiarnos de ellos? ¿No nos matarán después, en cuanto los tengan? ¿No te secuestraron, acaso?

—¡Por lo que más quieras, calla! —me atajó, imperativa—. No hagas tantas preguntas. Escúchame, por favor. Es lo único que te pido. No me interrumpas. ¿No ves que no tenemos tiempo?

Estaba enojada conmigo, pero incluso en su enfado era terriblemente atractiva. Aun siendo consciente de nuestra precaria situación, la miraba embelesado. Estaba completamente alelado por ella.

—Habla, cariño. Perdona —me oí decir, asombrado ante mi propia audacia. Le di un rápido beso en la mejilla.

—Ahora no —ella retiró un poco su cara, pero con la mano me apretó la cintura. Siguió dándome las instrucciones.

—Todavía no sabes nada, no sabes a lo que nos enfrentamos. Pensé mucho, sólo tenemos una salida. Pero lo que te voy a pedir no es fácil: debemos fingir que aceptamos, entregarles los *oders*. Tiene que ser en un lugar apartado. Querrán matarnos en cuanto los tengan. Hay que impedirlo y hay que ganar tiempo de alguna manera. Ganar tiempo para matarlos nosotros a ellos. Entre los dos tenemos que matar a los cuatro, destruir esos *oders* y después desaparecer, irnos lejos. Yo, por lo menos, me iré muy lejos. Necesitamos dinero, es preciso que les pidas dinero, así no sospecharán.

—Espera —interrumpí, olvidando mi promesa reciente—. ¿Cómo sabes que matando a esos cuatro hombres no aparecerán más?

—No estoy segura, pero tenemos que matarlos. Por lo que he podido barruntar, trabajan en grupos de a cuatro. Son grupos independientes. Lo que hacen es demasiado peligroso como para que toda la organización se vea implicada. Si un grupo entero desaparece, quizás lo den por perdido y no sigan nuestra pista. No nos queda otra opción.

—¿Y la policía?

—Sólo te creerían si les entregas los *oders*, y aún así... Pero por mí no podrían hacer nada —tembló—. Tienes que matarlos, yo no puedo ayudarte, estoy en sus manos.

—¿Estás loca? ¿Cómo voy a matarlos? Ellos son profesionales, y yo no... —cuanto más lo pensaba, más objeciones se me ocurrían.

—Te dije que no sería sencillo. Lo más probable es que nos maten, de todos modos estamos casi muertos. No me importa tanto morir. Pero aún hay más: ¿sabes cómo hacen los *oders*?

—¿Con muertos?

—¿*Cómo* hacen los *oders?* —repitió ella, estremeciéndose—. ¿Te imaginas lo que van a hacer conmigo?

Lo que van a hacer conmigo. Por mi mente pasaron las imágenes más desquiciantes, sucediéndose vertiginosas. Estaba atrapado en un dilema terrorífico. Ni tiempo para decidir.

—¡Terminen de una vez! ¡Ya han hablado bastante! —vociferó el hombre detrás de nosotros, acercándose; sentí sus pasos acelerados como si pisaran mis propias entrañas.

–Xana, hay otra cosa: el jefe, el de la mañana, me habló de nueve *oders*, yo sólo encontré ocho.

–No se lo digas. ¡No les digas eso! –repitió Xana, cuando ya el esbirro la atraía hacia él.

–Confía en mí, amor mío. No te rindas –traté de darle aliento, aunque yo mismo me sentía desfallecer por momentos.

En ese instante, una idea delirante cruzó mi mente como un relámpago. Era demencial, increíble, absurda. Sus posibilidades de éxito eran tan escasas como corto nuestro futuro si fracasaba. Era lo único que teníamos, nuestra última oportunidad.

–Bien, señor Gancedo, ¿qué han decidido?

–Les entregaré los *oders*. A cambio quiero diez millones, en billetes de baja denominación. Y quiero a Xana. El cambio será pasado mañana, a las siete de la mañana. Será en la cumbre del monte Cabalar, en la explanada del mirador. Traerán el dinero y a Xana. Vendrán todos en un solo automóvil, yo estaré en el mío.

–Usted no tiene auto, señor Gancedo –estaban bien informados sobre mí, era evidente–. ¿Para qué complicarlo tanto yéndonos tan lejos?

–Alquilaré uno. Lo haremos así, o no habrá trato –insistí terminante, dando por finalizada la conversación.

–Así será, entonces. Hasta pasado mañana.

Me volvieron la espalda y partieron, abandonándome a solas con mi pánico y con el artificioso y apresurado plan que me había arriesgado a concebir. El plan del que dependían nuestras vidas. Tenía miedo de que, al meditarlo fríamente, todo él se desmoronase en un instante, igual que una hoguera trabajosamente encendida bajo la lluvia y que el primer turbión hace desfallecer. Mas no había vuelta atrás que valiese. Antes de irse, Xana, que había asistido silenciosa a mi conversación con el hombre, me había mirado, con una mirada que nunca antes había visto en nadie, entre amorosa y expectante. Yo sabía que no podía fallarle y me dispuse a prepararlo todo. Solamente, en medio de mi desasosiego, me quedaba una única certeza verdadera: al cabo de dos días, o ellos o nosotros estaríamos muertos.

XV

Logroño, vieja ciudad del color del vino, como un Bordeaux inverso. Aplastada en la llanura a los pies de un Ebro que aún empieza a coger aliento, resbalando calmoso de las sierras de Cantabria. En el barrio viejo, amasada con alcoholes y voceríos entremezclados, hay la misma algazara estival que en Iruña. Un Santiago matamoros aparece, en la arcada alta entre dos calles estrechas, decapitando infieles con su espada en la mano, mientras el caballo pisotea sus cuerpos, conmemoración de una inexistente victoria en una inexistente batalla. Nunca hubo mil doncellas juntas. Tampoco en el siglo noveno. En la ciudad nueva, el tráfico frenético, el ajetreo, las prisas, porque el calor espabila a las gentes hacia la caída de la tarde y las adormila en el ecuador del día.

Pasado Navarrete, Natalie se queda otra noche en otro hostal cualquiera. En Nájera repara en la perfección de las filigranas de piedra del claustro de los Caballeros, erosionadas más por las guerras que por el tiempo. Cerca de los sarcófagos de doña Blanca o de Garcilaso, las celosías, enlazadas entre los arcos ojivales, tamizan la luz armónica y limpia de la mañana. Pero todo es historia muerta y enterrada. No se detiene en Santo Domingo de la Calzada, ciudad terrosa donde un gallinero perpetuo recuerda en la catedral el milagro, divulgado hasta la saciedad en un dicho famoso. Piensa, sólo irónicamente, por supuesto, que a Jean le faltó mencionar a la gallina entre tanta erudición zoológica de la víspera.

Belorado y los montes de Oca, *guarida de ladrones, hombres malos y viciosos,* según el códice, se desgranan entre el fuego del mediodía. Burgos asoma alargada. Natalie recorre, vertiginosa, las avenidas paralelas al río, con nombres de generales que evocan el esplendor fascista. Tras el Espolón, la puerta del arco de Santa María, como una invitación abierta, la hace girar y estacionar su Renault Clío en la orilla sur del Arlanzón. Retorna a la parte vieja por el puente, entra en los dominios de la catedral y almuerza.

En la somnolencia de la siesta, entre el gris de la inmensa mole granítica y el abandono de las calles, apenas transitadas por algunos turistas, asciende por las escaleras de la Coronería y camina dando un rodeo a la catedral. Un estrépito monstruoso, el estampido que retumba en las losas pétreas del pavimento y en las viejas paredes, como una colosal detonación, la obliga a retroceder. En el estrecho callejón, en el lugar exacto por el que ha cruzado hace escasos instantes, una de las grandes estatuas de piedra que representan santos y apóstoles, la de San Bartolomé, carcomida por el deterioro y por los siglos, acaba de caer de las alturas de la catedral. Las losas del suelo, hendidas, evidencian la violenta colisión de la escultura, ahora hecha pedazos. Por suerte —¿existirá la suerte después de todo?, se pregunta Natalie— no aplastó a nadie. Pero ella es también ajena a la interpretación de los augurios.

La tarde cae y Natalie siente deseos de andar, deja que los pasos la lleven, próxima al río al principio, después, en el paseo de la Quinta, por el camino de la Cartuja de Miraflores. Pasados unos kilómetros, un desvío a la izquierda señala el *camping* municipal y la zona recreativa. Desde su posición advierte algo curioso. Un *dos caballos* desvencijado, tan gastado que las latas de la carrocería apenas se sostienen, acaba de detenerse en el estacionamiento. Dos hombres altos, de vestimenta raída y piel negra, bajan del coche, extienden una estera en el suelo, levantan los brazos, murmuran una extraña cantinela, se arrodillan, se tumban sobre la alfombra, se levantan de nuevo. La secuencia se repite muchas veces, con los dos hombres al unísono. Aún tarda en advertir la observadora que los africanos están orando vueltos hacia la Meca. Mientras tanto se ha ido acercando a la entrada del *camping* y a los hombres, fascinada por el ritual.

—¿Curioso, no? ¿También te llama la atención? —Natalie alza la vista. Quien así le habla es una muchacha rubia, de unos veinte años, muy menuda, de piel blanca, ojos claros y alegres, vivaracha, que está fumando a la entrada del campamento—. Vienen todos los días a la misma hora. Desde que yo estoy aquí por lo menos, nunca fallan.

—Pues sí, era sólo curiosidad... —Natalie se vuelve para seguir su camino.

—Espera, te invito a un café, si no tienes mucha prisa. La verdad es que estoy sola aquí acampada y tengo ganas de hablar con alguien.

—¿Por qué no? —Natalie se encoge de hombros—. Tomemos entonces ese café.

En la cafetería, la muchacha no puede dominar las ganas de comunicarse y comienza a hablar, impulsiva, a borbotones; deteniéndose sólo de vez en cuando para darle una fumada a su cigarro o tomar un sorbo de café.

—¿Cómo te llamas? Yo soy Luisa, después te doy una tarjeta... ¿Natalie? ¡Qué nombre...! ¡Ah!, claro, eres francesa. Por aquí viene gente de todas partes, pero son más raros que obispos, no hablan ni con dios. La verdad es que ya tengo ganas de abrirme de aquí. Sobre todo, desde que Marta se fue. Mañana me largo, sin falta... Y todo por culpa de ese mamón de Roberto. Si seré estúpida... La verdad es que mis viejos tenían razón. Pero claro, una quiere hacerse la Julieta. Y así le va, coño. Si es que ya no quedan Romeos...

—Escucha, cariño, si me quieres contar tu vida, vale. No tengo otra cosa que hacer. Pero es que no me estoy enterando de nada —interrumpe Natalie, entre maternal y resignada. Nunca se había imaginado que acabaría de paño de lágrimas para tanta gente, la vida tiene paradojas extrañas—. ¿Quién es ese Roberto? ¿Y los demás?

—Bien, tía, disculpa. Ya la he cogido, no quieres que te dé la tarde. ¿Te gustó el café? —Luisa hace ademán de levantarse.

—¿Eres idiota o qué, niña? —Natalie le sujeta el brazo a la mesa—. ¿A qué jugamos? No te conozco de nada, no tengo por qué ser amable contigo. Así que, si no hubiera querido escucharte, te lo hubiera dicho y punto.

—Está bien, no te pongas así. Tampoco es para tanto —Luisa se sienta y enciende otro cigarro—. ¿Sabes quién es Antonio Banderas? Pues Roberto es Banderas echado por un ojo. No se llevan ni esto. Yo andaba en Santiago, estudiando. Bueno, es un decir, tampoco estudio mucho, la vida hay que tomársela con calma, es lo que yo digo. Mis viejos tienen pelas suficientes y total para ir una a meterse a la fábrica en Ortigueira siempre sobra tiempo. Además a mí me apetecía hacer Arte o Historia, algún rollo de esos. Dibujo muy bien, ¿sabes? Hasta podría hacerte un retrato. Tenía uno de Roberto pero lo he roto... Mis padres se empeñaron en que hiciese Económicas para llevar la fábrica, pues hala. Al caso: estando en éstas, apareció Roberto, un militar profesional, uniforme reluciente, una planta que te cagas. Y claro, yo coladita por sus huesos.

—¿Te enamoraste de él?

—¿Que si me enamoré, dices? Lo mío ya no era enamoramiento, era chaladura. Él tiene veinticinco, cinco más que yo. Para mí en aquel momento como si fuera don Juan Tenorio, caí como una tonta. Me tenía embobada. Sólo faltó el quedarme preñada para casarme con él, y mira que él insistía para que lo hiciese. Pero yo no me veía con un crío, soy muy joven todavía... Además no quería darle ese susto a mi vieja, ella también tuvo que casarse de penalti, y así le fue...

—¿Qué sucedió entonces, no continuó el romance?
—Lo vas a ver, y te vas a reír —Luisa da una calada al cigarro y dilata las pupilas—. Esto ni el *Hola*. Pero es auténtico, ¿eh? Como te lo cuento, con pelos y señales. Resulta que el crápula este de Roberto dejó el destino de Santiago, él es sargento, ¿sabes?, y lo mandaron aquí, a Burgos. Yo ya lo había llevado a casa, a Ortigueira, pero a mis viejos Roberto les entró por el ojo izquierdo; que nones, que le veían la intención de dar el braguetazo conmigo, y, después de todo, no se equivocaban ni tanto así. Así que me dijeron: *Niña, si sigues con ese pájaro, cerramos el grifo de los cuartos y te vienes de inmediato con nosotros, a enlatar sardinas.* Cuando él se vino a Burgos, ellos se tranquilizaron, pero Roberto continuaba llamándome y yo seguía loquita por él. Así que Marta y yo, Marta es una colega que tenía de novio a Pancho, otro compadre de Roberto, militar como él, convenimos en decir en casa que íbamos una semana a Salamanca para hacer un cursillo, y nos abrimos hacia aquí... Pero al caso: Roberto y Pancho tenían libre el día en que íbamos a llegar, que era domingo, por cierto. Habíamos quedado con ellos en que nos esperarían en la estación y que luego iríamos al hotel tal a tal hora, cuando las dos llegásemos en el tren. Bien, pues es ahora cuando viene lo alucinante, tía, agárrate al asiento.

—Venga, cuenta, que ya me tienes intrigada —apremia Natalie.

—Pues, por lo que fuese, que ya no recuerdo bien, Marta y yo decidimos cambiar de opinión, justo en el momento de coger el tren. Incluso acabábamos de llamar a nuestros troncos y de decirles que estábamos a punto de comenzar el viaje, que ya teníamos los billetes y todo... pues en ese instante, acordamos vendérselos a una familia que hacía cola delante de la taquilla y venirnos a Burgos en *autostop*. En el mejor de los casos, si había suerte, ganaríamos unas horas, porque el tren de marras tiene más paradas que el caracol-exprés, y seríamos nosotras quienes los estaríamos esperando en el hotel, a ver la cara que ponían después de no encontrarnos en la estación; y en el peor de los casos, nos haríamos algo de desear, si llegábamos con retraso. Porque en estas cosas pasa como en los restaurantes: un poquito de espera, cuando el plato está bien calentito, mejora el sabor...

—¿Y los sorprendisteis?

—Y tanto que los sorprendimos, una pizca más y nos morimos todos del susto, ellos y nosotras. Aún se me pone la carne de gallina sólo de recordarlo. La cosa fue tal como así, Nati, el *autostop* de puta madre. No se nos podría haber dado mejor. Nos cogió en Benavente un gachó que hacía volar el coche, y, encima, traía un BMW que te cagas. Se notaba que quería hacerse el Fittipaldi para impresionar, y le largó tralla. Era un fulano paliza, de esos calvorotas entrados en los cuarenta que presumen de ligones. Se le iba toda la fuerza por la boca, pero nosotras le dejábamos hablar. Con tal de que le arrease al bólido, el resto nos daba igual... —Luisa se detiene para tomar aliento y encender otro cigarro.

—En Burgos nos dejó justo a la puerta del hotel... ¡Tatachaáan...! Instantes de suspense. Subimos a la habitación.

Abrimos con sigilo la puerta que encontramos sin llave. Allí están nuestros enamorados, los fieles guardianes de nuestras ausencias, cogidos *in flagranti*.

—Es decir, que no estaban solos.

—Lo has adivinado, cariño, ¡mira qué despierta me ha salido la turista!, no te ofendas. Allí estaban en plena función, dos camas gemelas deshechas por el ímpetu amatorio. Pero no nos esperaron para deshacerlas. El tal Pancho en la de la derecha, en pleno mete-saca con una pindonga —y conste que no lo digo por ofenderla, es que después supimos que eran putas— que está sentada encima de su cintura, grandes tetas colgantes de las que aguantaba el amorcito de Marta con las manos abiertas, incapaz de abarcarlas, mientras gritaba lindezas. No te voy a repetir cuáles...

—¿Y el tuyo, tu Roberto?

—A eso voy, corazón. Nada encima de la cama, de entrada. Nada a babor..., pero a estribor, sobre la dura moqueta, allí estaba mi Roberto. Y ahora alucina: en cueros, a cuatro patas, con la fulana cabalgando sobre él, las nalgas bien asentadas en los cuadriles y a lomos de mi sargentito, caballo o burro de monta. Yo hasta aquel momento siempre había pensado que su arma preferida era la fiel infantería. Quedaron turulatos al vernos, y nosotras igual.

—Pero, atenta: en vista de lo visto, decidí que de esta hija de mi madre no se iba a reír ni dios. Así que, puse a trabajar la materia gris, que también tengo. Y le dije a mi gran amiga, la ultrasensible Marta, que llevaba dos días sin parar de llorar a moco tendido: *Marta, aún vas a llorar antes de irte de Burgos, pero de risa. Ya se verá quién tiene más cojones, nosotras o ellos.*

—Dicho y hecho —prosigue Luisa—, el martes llamé a Roberto al cuartel. Al principio se sorprendió de oírme después de la escenita. Pero yo, que ya contaba con eso, tenía bien preparado el cuento. Hice como si estuviese dudando entre mi orgullo herido y mi incapacidad para vivir sin él. Lloré por teléfono, le amenacé con colgar y marcharme en seguida para no volver jamás. Esto último lo dejé caer como quien no quiere la cosa, entre sollozo y sollozo. Y tal como me había imaginado (los hombres son más previsibles que los telediarios, que ya es decir), Roberto vio el cielo abierto cuando comprendió que yo aún me hallaba en Burgos y comenzó el turno de ruegos y de *dame otra oportunidad*.

—¿Y tú qué hiciste?

—Yo hice como que me tragaba el cuento de que aún me quería y demás, de que todo había sido un instante de debilidad, que no había sabido resistir a las presiones de Pancho, que él nunca había ido de putas excepto esta única vez, etcétera. Después de haberse despachado a su gusto, acabé por llorar de nuevo y le dejé entrever que a lo mejor le daba la oportunidad de marras, por el momento tomaría café con él y luego ya se vería, infeliz. Porque comprendía que lo de tener sobre el lomo a una fulana hubiese sido una fantasía erótica que tenía desde hacía mucho tiempo y que yo, ¡ay de mí! también tenía mi fantasía particular, pero que ya nunca podría llevarla a la práctica con él. Lo dejé con la intriga para que mascase bien hasta la cita y le colgué el auricular. Al día siguiente, Roberto ya estaba esperándome en la terraza donde habíamos quedado. Llegó con media hora de adelanto. Pero yo, que lo estaba controlando desde un sitio que él no se imaginaba, lo hice esperar tres cuartos de hora, hasta que estuvo bien cocidito de los nervios. Entré en escena con la cara bien empapada de lágrimas, como si acabase de sostener una durísima batalla conmigo misma antes de decidirme. Se deshizo en atenciones. Ya estaba para empezar otra vez con las excusas, pero lo corté. Le dije que no quería oír hablar más del asunto, pero que tendríamos que dejar correr un tiempo para estar seguros de nuestros sentimientos (comprobarás que yo hablaba lo mismito que en una fotonovela), y que después ya veríamos. Él sólo preguntaba, ansioso: *¿Pero podremos vernos? ¿Pero podremos hablar por teléfono, por lo menos?* Y yo me dejaba convencer con mucho trabajo. Podríamos hablar, si quería, pero nada más, ni un beso. Roberto comenzaba a ver la puerta abierta de nuevo... En fin: que ya lo tenía en el bote, por un lado estaba caliente y por el otro frío. Era el momento de pasar a la fase B. Mas, para eso, era él quien me tenía que hacer la pregunta del millón. Por terminar, le dejé que me diese un beso en la frente e hice ademán de marchar. En ese instante se decidió, por fin, y me preguntó por mi famosa e inconfesable fantasía erótica.

—¿Y se la dijiste?

—Aún me hice de rogar otro buen rato, repitiendo: *Ahora es demasiado tarde, Roberto, después de lo que pasó, nunca podré llevarla a cabo*, y lloré otra vez, de vergüenza como se dice. Finalmente acabé confesándole todo. Mi fantasía erótica más oculta desde que lo conocía, y ya antes, desde niña, y que nunca me había atrevido a llevar a la realidad era... ¿No lo adivinas? Pues sí, era hacer el amor dentro de un cuartel.

—¿*Sólo eso?* Roberto se puso eufórico como un supermán al escucharlo. —*Eso está hecho*. Bueno, pero yo quería algunas condiciones espacio-temporales particulares. Tendría que ser en ese sitio en el que están los suboficiales de guardia allá por la madrugada, y a esas horas, precisamente. —¿*En el cuerpo de guardia, dices?* —*Pues así se llamará entonces.* —*Tendrías que entrar en el cuartel de noche.* —¿*Nunca entran mujeres en casos así?* —apunté, haciéndome la inocente.

—*Bueno, a veces...* —concedió él, finalmente—. *Pero tendríamos que andar con mucho ojo, porque va contra todas las ordenanzas.*

—En ese instante le vino la idea genial, ya estaba tardando:

—*Cariño, si tú quisieras... precisamente, el fin de semana próximo estoy de guardia y podríamos...* —¿*Que no, Roberto, el fin de semana no puede ser, el cuartel estará casi vacío, no? ¡Mi fantasía de siempre ha sido hacerlo en el cuerpo de guardia a mediados de semana, a las tantas de la mañana y con el cuartel lleno! Las fantasías son como son.*

—¡Infeliz! —se ríe Natalie—. ¿Y no se dio cuenta de que le estabas tendiendo una trampa?

—¡Para nada! Los hombres son tontos de remate, y cuando tienen la ocasión de pensar con la polla... Ya me entiendes. Supongo que pensó que, como mucho, se arriesgaba a un plantón. A fin de cuentas era yo la que iba a entrar en su cuartel, a jugar en campo enemigo... El caso es que reflexionó y dijo: *—Bueno, siempre puedo cambiar la guardia.* *—¿De verdad, Roberto? ¿Para mañana mismo? —Pues claro, le diré al centinela de la garita que te deje pasar. Yo estaré esperándote y nos iremos al cuerpo de guardia. Para entonces ya habré desalojado a todos los que estuviesen por allí; luego, en las dos horas entre relevo y relevo, haremos todo lo que tú quieras. Olvidarás para siempre todo lo del otro día, ya verás...* Me hice la remilgada: *—Escucha, Roberto* —agaché la cabeza—, *es que... me da tanto corte decir estas cosas. No me gustaría nada que nos interrumpieran, tú sabes, en mitad de... En fin, ¿no podríamos echar la llave al cuerpo de guardia por dentro?* Y él siempre tan comprensivo.

—¿Eso es todo?, no te preocupes, mujer. Hay dos juegos de llaves. Uno lo tendré yo, como suboficial de guardia y el otro el oficial de semana, que es un teniente con bastante mala hostia. Pero el teniente se pasa las noches durmiendo en la residencia de oficiales. Nadie se atreverá a despertarlo para pedirle sus llaves, así que cerraremos y nadie vendrá a incordiarnos. Antes de que concluyan las dos horas, tú te marchas y todos tan contentos. "Ya veremos lo contento que te vas a quedar tú, listo", dije para mí misma. *—Otra cosita* —terminé, cuando ya todo estaba acordado, y antes de despedirnos—. *Verás, Roberto, estoy sin un duro, necesito dinero.* Él, tan caballero, hizo el ademán de sacar su billetera, pero yo le corté: *—Mañana por la noche, mejor. No vayas a pensar que todo esto ha sido un cuento porque necesito dinero y que no voy a ir al cuartel.* Con esto

acabé de enredarlo. Cayó como un pajarito. Pero este cuento ya se está haciendo demasiado largo, y tanto hablar me está dando hambre. ¿Jalamos algo?

—Aquí mismo, lo que tengan. Pero no me dejes otra vez en lo mejor.

—¡Hala, pues! —Luisa le clava el diente a una hamburguesa y, entre bocado y bocado, continúa el relato.

—A las cuatro de la madrugada, llegamos junto al soldado que estaba de plantón en la puerta. Marta se quedó afuera y yo entré como si nada. Pasamos al cuerpo de guardia. Roberto cerró con llave por dentro, y empezó a morderme como un perro. Yo le dejé hacer por un momento, en tanto vislumbraba el panorama. De repente vi que la cosa estaba aún mejor de lo que yo esperaba, alucina: ¡había una celda! Sí, una celda, un calabozo de verdad, con su ventanuco con rejas y su puerta de barrotes de hierro. Vas a ver. Una vez que lo tuve a punto, empecé, como si fuese un caprichito: —*No, Roberto, aquí no. Tiene que ser en la celda.* Él, asombrado: —*¿Pero qué dices, estás loca o qué?* Yo, terca: —*Abre el calabozo, Roberto, ¿acaso no tienes la llave? Nos desnudamos aquí mismo. No vaya a ser que después dejemos la ropa dentro, con el ardor del asunto, vamos a la celda... ¡Venga, amor! ¿a qué esperas?* —le dije, acariciándole el pecho— *Mi tarzán, ¿no ves que dos horas pasan volando?*—. Total, que él se quitó la ropa, yo también, abrió la puerta y fuimos hacia el calabozo. Le dije: —*Tú primero, amor mío. Pasa tú, que a mí me da algo de miedo. Mira que no haya ratones y luego me llevas en brazos, ¿vale, cariño?*—. Un besito en los labios y el macho ibérico que entra disparado.

—*Ahora vienes con el miedo. Desde luego a las mujeres no hay quién os entienda*—. "Lo vas a entender de inmediato, cabrón". Y, no bien dio un paso hacia adentro de la celda, encajé la puerta del calabozo en su sitio y le di dos vueltas a la llave. En ese instante el pasmarote, por fin, empezó a comprender. No era sin tiempo: —*Así que era esto, querías encerrarme y burlarte. Mala pécora, calientapollas. Cuando te pille, te mato...* Ya no sé cuántas me dijo. Yo puse la ropa, encendí un cigarrillo y le eché el humo a la cara: —*No te quejes, cariño, que la noche no está fría, podía haber sido peor y te quedabas con la calentura y con la pulmonía. Pensaba dejarte encerrado en el cuerpo de guardia, pero tú solito te has metido en la jaula. Hasta otra, cariño. Me debías una, y alguna más que me habrás hecho, ¿no?* Hurgué en sus pantalones, cogí el dinero y una china de chocolate que tenía en el bolsillo, y me llevé también los calzoncillos como recuerdo.

—*Mira, Robertito, me voy. Tienes que disculpar, estás cachondo, pero ya no eres mi tipo. Esto me lo llevo por las que me hiciste y por hacerme venir a Burgos. El calzoncillo es sólo un préstamo. Una apuesta con Marta, ya te lo devolveré. Chao.* Entonces suplicó: —*Pero, ¿me vas a dejar aquí, así, en pelotas?* —*Sólo hasta el relevo de las seis, hora y media, poco más. Tus colegas avisarán entonces al teniente de marras, ese de la mala hostia, que tiene otra llave, no? Esta la voy a tirar al río. Tirar las cosas al río cuando un amor se acaba dicen que da suerte, ¿no lo sabías?* —y terminé, lanzándole a su cara de pasmado— *Pues aprende, majo, que una no va a vivir siempre, que las mujeres no somos tan tontas como vosotros pensáis.* Y con éstas, salí. El fulano de la garita hizo otra vez como si no me viera. Tiré la llave al río, cómo no.

—¿Y se lo devolviste? —acierta a preguntar Natalie, entre carcajada y carcajada.

—¿El innombrable? Mujer, cómo no iba a devolvérselo. Yo siempre cumplo lo que prometo. Como que le cayó un arresto de un mes, y lo pusieron de plantón en la puerta, para escarnio de la tropa. Yo lo vi por casualidad. Me acerqué dos días más tarde, hora de máxima afluencia, con la calle llena de gente y los mandos del cuartel echando un cigarrillo afuera, en la puerta.

—Imagínate la escena —Luisa se entusiama—. Roberto en plan de poste, que no podía ni mover una ceja, porque un teniente, a su lado, no le quitaba el ojo de encima. Quién sabe si era el de la mala hostia, el que lo rescató. Yo camino tranquilamente, me pongo frente a él. Abro el bolso, saco el calzoncillo y, sin mediar palabra, se lo dejo caer despacito por el cañón del fusil abajo, que él lo tenía en plan fálico, apuntando al cielo. Se quedaron de piedra, cuantos caqui allí había. Todos, corridos de vergüenza, abrieron la boca y nadie fue capaz de decirme una palabra; así que di media vuelta y me fui tranquilamente. Esto fue anteayer. Ayer se marchó Marta. Yo me abro mañana en el tren.

—Ven conmigo, yo también voy a Santiago.

—Iría de buena gana, pero no puedo. Mis viejos se van a mosquear si no llego en el tren con Hilda, que ha ido a Salamanca. Por cierto, hablando de eso, toma —le tiende una tarjeta de visita, con un nombre, ORMARSA, y varias direcciones—. Es la fábrica de mis viejos en Ortigueira, voy a tener que pasar el resto del verano allí. Así que te espero.

—No te prometo que vaya. Mi viaje es un poco... especial.

—Vaya con la dama misteriosa. En fin, echa un vistazo a la hora. ¿Tienes el coche bien aparcado, no? ¿Te quedas a dormir conmigo? En la tienda hay sitio, y podemos liar antes un canuto. Aún no he terminado la china *souvenir* de mi ex.

Natalie acepta, caminan hacia la tienda. Al poco, se apagan las luces de aquel rincón del *camping*. Todo queda sumido en la oscuridad, los rostros apenas iluminados por la brasa del porro. Se tienden en las bolsas de dormir, se desnudan. Horizontales en la tiniebla, los dedos de Luisa empiezan a jugar, recorren la piel de Natalie, retozan por los muslos, por los senos. Perciben, con el tacto preciso de las yemas, la diminuta cicatriz de la operación bajo el pecho izquierdo, la misma que Jean-Paul, días antes, no había sido capaz de advertir.

—¿Y esto, qué es?

—Una larga historia, Luisa, te la contaré otro día. Hoy es tarde. Digamos, para abreviar, ya que estamos, que es una herida de guerra —la boca de Luisa comienza a lamer la cicatriz, a besarla—. ¿Y tú, qué estás haciendo?

—Cariño, en la guerra, como en el amor, todas las armas son buenas...

XVI

La cena fue una pesadilla para ti, Xana, ni el alcohol ni las risas son suficientes para impedir la recurrencia del veneno que llena tus pensamientos. Aún peor, hay un punto en la madrugada en que el tiempo pesa más de la cuenta y el trabajo del día siguiente impone sus leyes, un instante en el que hay que volver al dormitorio, una fatídica encrucijada que te va a conducir al enfrentamiento contigo misma, ese momento que quisieras aplazar para no pensar más, para no ser, porque el inconsciente trabaja por su cuenta, implacable. Un compañero ofrece sus servicios, solícito, para salvarte de la soledad nocturna, de las pocas horas que restan para el amanecer. Pero tú lo rechazas, no habrá brazos que te amparen, la noche más oscura está dentro de ti.

Y ahora, seco finalmente el manantial de las lágrimas, porque las lágrimas ya no bastan, negras ojeras, soledad última tan inmensa como el peso del saquito de cuero que llevas disimulado en el valle de tus pechos, acaricias tu única salida, el filo vertiginoso de la aguja de cristal negro que destapas una vez más con miedo con anhelo con necesidad insatisfecha, temblan-

do como quien espera una violación un beso de fuego recibes su contacto y ya todo comienza de nuevo la negrura el vacío te sientes morir mueres y renaces ahora eres otro no otra otro hombre un hombre fuerte alto de mediana edad bien vestido de gris con un traje cortado a la medida exacta de tus anchos hombros corbata clara de seda natural risa experimentada de hombre de mundo todo tan exótico sentado en el suelo de madera las mesitas bajas las dimensiones distintas más a la escala oriental japonesa para ser precisos el pequeño restaurante donde estás para cenar y sobre todo para seducir a la mujer que te mira deslumbrada ojos verdes como un mar de coral cabello dorado de trigo maduro en agosto cuerpo esbelto tan femenino y apetecible como un fruto en sazón la mujer que te mira unos treinta años diez menos que tú embobada frente a ti en el restaurante que huele dulcemente acremente exóticos aceites soja mostaza rábanos algas setas pero no pescado porque el pescado está todavía crudo esperando su decisión tu decisión porque es evidente quién lleva la voz cantante en este ritual encargando toro sushi *atún fresco con arroz avinagrado que el cocinero corta dos porciones para cada uno mezcla ante sus ojos prepara con unos dedos ágiles presenta con orgullo y tú miras la lengua de la mujer lengua alargada tan diestra que se demora lamiendo las comisuras de sus labios ya imaginas pronto lamiendo tus rincones íntimos las zonas más ocultas de tu cuerpo de hombre recio dispuesto a ser gozado ella te mira sabiendo lo que piensas los ojos transparentando su mutuo deseo parece atender con interés tus explicaciones de viajero en la cocina japonesa nada que pueda cortarse podrá servirse en número de uno ni de tres trozos para conjurar la mala suerte siempre dos trozos el uno y el tres son números fatídicos y esta oriental cultura milenaria tiene todo reglamentado como estás viendo hasta en estos detalles tan mínimos la mujer asombrada quién lo iba a pensar hasta eso también pero por eso viajamos no para aprender cosas y además dos precisamente dos está muy bien es perfecto ni que adivinaran nuestro pensamiento esta noche vamos a ser dos está muy bien qué quieres que te diga dos tú y yo solos ni uno ni tres uno sería soledad tres multitud como lo refrenda el dicho que es sabiduría popular y el picante en la boca los paladares adormecidos pero los estímulos eróticos activando el sistema nervioso simpático el brillo en los ojos los movimientos huidizos de las manos los mínimos pero efectivos gestos y los detalles aún más directos y reveladores el escote la falda recogida que insinúa el comienzo de las caderas el bulto entre tus piernas y saber que pronto luego del* night-club *de las últimas copas de champán que será francés legítimo porque no escatimas en gastos el dinero es también otro estímulo erótico e incluso las palabras que fingen sorpresa te ha gustado la cena y el espectáculo ha sido estupendo todo fue una maravilla yo nunca había visto una cosa igual pero ahora ya es muy tarde ya es hora de ir a dormir no te parece estoy desvelado cariño no tengo sueño que vamos a hacer entonces a ti qué te parece dímelo tú entonces no sé tú dirás despedirnos con un beso por ejemplo este ha resultado un beso demasiado largo vamos no crees no aún podemos hacerlo más largo vamos a probar entonces esto estuvo mejor pero no piensas que es algo incómodo así de pie vamos a sentarnos porque la cosa parece que va para rato y por qué no acostados ya puestos pero espera me vas a romper el vestido deja que me desnude por lo menos las ropas que caen los cuerpos que se acarician con la pasión antes apenas contenida que ya rebosa la mujer no sabes su nombre ni el tuyo siquiera no lo sabrás nunca respondiendo experta a tus caricias sabe lo que te gusta no es la primera vez pero como si lo fuese porque todo se vuelve piel piel tibia carne blanda que se abraza en el lecho como si os fuera la vida en el abrazo y los orgasmos sucesivos como relámpagos destellando y después la somnolencia dulzona que siempre sigue al amor vertido esperma blanco sobre la piel dorada el vello rubio del pubis tú en los brazos de ella ella en los tuyos pero caes en el sueño y ya no eres tú te sientes morir otra vez dejando la conciencia abandonando esa vida que ya no será más la tuya retornando a tu ser de Xana por las espesuras infernales del no ser de la identidad confusa como una total ausencia ser nada las imágenes desenfocadas los latidos agónicos la sudoración los pulmones jadeando como si fueras a ahogarte las pupilas desencajadas la sensación vertiginosa de caída libre hondo muy hondo hasta chocar y deshacerte contra la colcha de tu cama en el hotel Plaza tan céntrico en Manhattan recobrar la conciencia de quién eres, Xana, y con ella la evidencia de tu destino, de la sentencia peor que la muerte que pende sobre tu cabeza, de las primeras luces sobre Park Avenue y los taxis amarillos sucediéndose en la ventana en este amanecer frío*, sunrise *que no es sonrisa a no ser el rictus amargo que te devuelve el espejo.*

Es tu último día en Nueva York, será también, quién sabe, tu postrero día en Nueva York. El avión parte hoy, ni pensar en dormir, ni pensar en nada, mejor no pensar para no sucumbir al pánico, por lo menos para no sucumbir aquí, en este lado del océano. Apenas el maquillaje preciso para disimular el insomnio, para esconder, por lo menos un poco, el terror y la falta de reposo ante los compañeros; las explicaciones serían embarazosas, serían además inútiles. Nadie sería capaz de comprender lo que te sucede. Demasiado complicado de explicar, demasiado difícil de creer. Pides el desayuno en la habitación, no tienes ganas de ver a nadie. Ni apetito, pero necesitas meter algo caliente en el cuerpo, algo que te libere aunque sea por unos instantes del frío negro que te inunda. Algo que te normalice el estómago que aún se estremece con las náuseas, y que haga cama para las anfetaminas.

Después, la costumbre y el dejarse ir en el microbús, las otras azafatas que se enseñan mutuamente las compras en las tiendas, las bromas.

—¿Dónde estuviste ayer, Xana, que no se te ha visto el pelo? ¿Algún novio secreto en Nueva York? —y tú, sonriendo, contestando mecánica.

—Cómo no, un novio en cada puerto, para qué si no piensas que me hice azafata. Pero ya tengo suficiente; no eres tú precisamente el que me falta en la colección, cariño, olvídame —porque el que indaga tus pasos es el mismo pesado de ayer noche, y no lo aguantas más.

Queensboro Bridge. De inmediato, Queens Boulevard, fugitivamente divisas el lugar exacto en el que hace cinco meses, como si fuese ayer, te encontrabas, parada en un cruce de vías y en la incertidumbre, después de caminar en soledad un trayecto tan largo. Algo terrible te esperaba, ya debías presentirlo entonces, caminando con los oders *en tu poder por primera vez, arriesgando más de lo que debías con ellos calle adelante, pero lo más terrible se manifestó aún ayer, la revelación del periódico. Otro escalofrío. Sacudes la cabeza tratando de espantar las negras sombras. Pero no quieren irse. Acechan. Como ellos te acecharán a ti al otro lado del océano. El pánico, el no saber cómo huir, el no acertar siquiera a imaginarlo.*

Van Eyck Expressway, la milimétrica cuadrícula de los edificios en Ozone Park a tu derecha, las ideas aterradoras que intentas inútilmente desechar y, a tu lado, las sempiternas conversaciones estúpidas, los parloteos insustanciales que siempre preceden a cualquier vuelo, ese soterraño hormigueo en el estómago que se acentúa ligeramente cuando dos nudos sucesivos de calles advierten que entran en los dominios del aeropuerto internacional JFK. Mas en esta ocasión no es sólo el vuelo, ni es sólo el contenido de la minúscula bolsa de cuero que llevas sujeta al sostén. Es algo más oscuro que el miedo más negro lo que te va a acompañar, Xana, cuando el inmenso JFK te acoja y, luego de los trámites y de los preparativos en los puestos reglamentarios, tras embarcar al pasaje y darle las instrucciones previstas para casos de emergencia, desarmadas las rampas, comprobados los controles, despejada la pista, el avión acelere y tú, aplastada contra el respaldo de tu asiento como una principiante en pleno bautizo de aire, quién lo diría, sientas lo que nunca antes de hoy, habías sentido en la partida de un vuelo. La certeza de que, esta vez, viajas a tu encuentro definitivo con el destino.

XVII

Los primeros destellos del crepúsculo señoreaban el azul cuando llegué, antes que nadie, a la cumbre del Cabalar. Los contemplé como un condenado a muerte que mirase por última vez el cielo. De un hilo, tan fino que podía romperse en cualquier momento, oscilaba mi destino. Y el de Xana, la mujer que sólo había abrazado fugazmente, pero a la que me presentía atado sin remedio. Inútilmente traté de analizar lo que, hasta aquel entonces, había sido mi vida, y no me fue posible. De ella, y de eso estaba cierto, se habían desvanecido, sin remisión y para siempre, la tranquilidad y la monotonía de los pocos años. Me había hecho viejo de repente. Si echaba una ojeada al Darío de un mes antes, casi no podía reconocerme en él. Ni en mi pánico, ni en mi fría determinación, hija de la desesperación y de la impotencia, de luchar hasta el final por la mujer y por mí. Tampoco podía ya reconocerme en la radical y extremada soledad, de quién no tenía ya adónde huir; una soledad entre impuesta y elegida. Apenas compartía con el otro Darío que yo había sido, el exterior de su apariencia, el cuerpo joven que no quería resignarse a una muerte prematura, las manos firmes, los ojos oscuros, hundidos entre los surcos de las noches de insomnio en las que, como la heroína griega esperando el retorno siempre diferido del expedicionario, había tejido y destejido sin pausa anhelos, posibilidades y conjeturas disparatadas.

Era la hora definitiva, la de la verdad, la que para siempre iba a decidir mi vida allí, en la explanada desierta del Cabalar. En toda ella no se veía rastro de nadie ni de nada, excepto yo y el automóvil azul en el que había venido, un Ford compacto que había alquilado la víspera. El Cabalar es un apartado monte pelado que fue pinar viejo en tiempos y antes un pastizal. Ahora sólo muestra peñascos desnudos, pedregal descarnado por la erosión y el fuego, privilegiado mirador de la llanura que yo conocía bien, muy poco transitado debido a su situación, a contramano de las vías principales, y de sus sinuosas pistas sin asfaltar, intransitables en el invierno.

El cielo de aquel amanecer de julio no me trajo ningún agüero, ni un cuervo o grajo posándose cerca de mí o escupiendo su *never more* entre las rocas. En un artificio imaginativo pensé en mí mismo como en un personaje de Borges, ejecutando un papel escrito de antemano por pluma ajena, imposible de variar, representando mi pequeña parte en el guión predeterminado. Sin fruto alguno me repetí, en un vano afán por hallar sosiego, que en unos pocos minutos todo habría pasado definitivamente y yo estaría por fin libre o muerto. Pero de nada valía, me desengañaba, después de tantos trabajos y deseos estaba ahora en manos del azar, de la fortuna más veleidosa y efímera.

Por suerte, el tormento de mi espera y las hormigueantes cavilaciones sobre su incierto desenlace no se prolongaron demasiado. El coche de ellos llegó puntual a la cima. Lo reconocí, era el mismo automóvil grande y oscuro con el que acosaron a Xana aquel día en el que todo había empezado. Lo identifiqué como un Mercedes.

Observé, ansioso, cuántos eran sus ocupantes; creo que hasta debí sonreír ante el resultado, venían los cuatro, y Xana con ellos. Se abrieron las puertas delanteras y se apearon dos hombres. Detrás quedaba ella, entre los otros dos. Habían bajado el conductor y el hombre de pelo blanco que me había entrevistado en la cafetería. Traía un maletín en la mano. El conductor era el que llevaba la voz cantante dos días antes en la alameda. Supuse que serían los dos primeros de la jerarquía. Se dirigieron directamente a mí. No hubo saludos. Parecía que aquel día todos teníamos mucha prisa.

—Los *orkens*, señor Gancedo —rugió el jefe, avasallante.

—No tan deprisa, por favor. Un cambio es un cambio —traté de calmarlo—. ¿Y la mujer? ¿Y el dinero?

—Aquí los tiene —contestó, abriendo el maletín sin soltarlo.

Efectivamente, rebosaban los fajos de billetes pequeños. Hojeé algunos al azar: todos parecían buenos.

—Hay cinco millones. ¿Quiere contarlos? —dijo mi interlocutor, socarrón.

—No hay por qué. Me fío de usted. Ahora la mujer.
—Primero los *oders*.

—En ese caso, mano por mano, como dicen los niños. Deme el maletín y aléjense todos, excepto usted. Suelten a Xana. En cuanto ella esté llegando a mí, yo le daré los *oders*.

—Está usted jugando con fuego, señor Gancedo. No me tiente.

De sobra lo sabía. El conductor había metido las manos, con precipitación, en los bolsillos.

—No tendrá miedo de mí, ya sabe que soy un don nadie; estoy desarmado. Sólo trato de ser precavido.

—Conforme. Manda venir a la fulana —me dolió que la llamara así, era impropio de su habitual cortesía. Por aquel detalle noté, con cierta satisfacción, que mi actitud estaba empezando a desconcertarlos.

El lugarteniente fue a dar órdenes a los que estaban dentro del automóvil, todos bajaron. Xana se separó, sola, del Mercedes y echó a andar, muy despacio, hacia nosotros. Lo que nos separaba no debían ser más de diez pasos, pero la distancia se me hacía interminable. Ella no sonreía, mas estaba serena; sus pasos eran seguros. Apenas su mirada, la misma de su adiós dos días antes, entre ansiosa y esperanzada, delataba expectación. Me sentí orgulloso de ella, como si ya fuese mía. Lo sería, si vivíamos para contarlo.

Xana se hallaba a dos pasos de nosotros. El hombre me entregó el maletín. Yo le tendí el cilindro de plástico negro que contenía los *oders*. Aún estaba cerrado por la cinta que sellaba su tapa, pero él no tardó en cortarla con una pequeña navaja que sacó de su bolsillo. Xana se estrechó contra mí, pero esta vez no hubo besos. Toda nuestra atención estaba puesta en las manos del hombre canoso, cubiertas por finos guantes negros que, cerca de nosotros, estaban echando los asombrosos cristales fuera de su escondrijo. Yo sabía lo que se nos venía encima, y me estremecí.

—¿Es que nos toma por tontos, señor Gancedo? —los ojos metálicos del hombre burlado eran una sentencia de muerte—. Eran nueve *oders*, aquí sólo hay ocho. ¿Dónde está el que falta?

—Los buenos jugadores siempre nos guardamos un as en la manga, incluso cuando nos viene grande la partida —sonreí—. No pase cuidado, tendrá el noveno. A su tiempo. Ahora montarán en su Mercedes y volverán a la ciudad; dentro de una hora, o antes quizá, cuando estemos a salvo, les llamaremos.

—No lo entiendo.

—Estoy seguro de que ustedes llevan algún teléfono móvil. Yo tengo otro. Denme su número. Yo les diré dónde está el *oder*, en cuanto los vea alejarse de nosotros a una distancia prudencial. Para eso escogí este sitio, desde aquí se divisa todo lo que hay a la redonda —advertí su desconfianza, pareja a mis precarias dotes de convicción.

—No los estoy engañando, si lo hiciese sé que nuestra vida no valdría nada. Esto sólo es un aviso de que todos debemos confiar en todos. Si les mintiese, no habría sitio alguno adonde huir en el que ustedes no pudieran localizarme. Saben todo sobre mí. Yo no soy enemigo para ustedes, apenas sé nada. Y sin los *oders* en mi poder, ¿quién me creería...?

—¿Por eso escondió uno?

—Le repito que no lo escondí. Sólo aplacé su entrega, para hacerles ver la conveniencia de no dar tan pronto cuenta de nosotros. Temí que, de entregárselos todos juntos, quizá sucumbiría a alguna tentación peligrosa y decidiría matarnos en este monte.

—Fue usted quien lo escogió, señor Gancedo.

—Tal vez me equivoqué de sitio. Pero ya no tiene remedio —suspiré—. Bien, ¿qué me contesta? ¿Lo hacemos como le digo? Acaso se le ocurra apresarnos a los dos. ¿Para qué? No será necesario, hágame caso. Sólo les traería más complicaciones, y todos queremos acabar con esto cuanto antes. Mejor es no usar métodos desagradables cuando no son necesarios, usted mismo dijo...

—¡Cállese de una maldita vez! —me atajó el hombre, enojado—. Habla demasiado. Estoy harto de oírlo.

Cerré la boca, como si me la hubieran cosido. La tensión era máxima. Era el instante decisivo, los sicarios estaban impacientes por matar. El jefe estaba pensativo, miró a su alrededor. Luego me encaró fijamente y puso fin a la conversación.

—Yo pondré las condiciones, señor Gancedo. Usted no es nadie. Es lo único sensato que ha dicho en toda su cháchara.

Marchó con paso firme hacia mi coche. Abrió el mismo estilete que le había servido para destapar los *oders* y lo clavó, uno tras otro, en los cuatro neumáticos del Ford.

Al poco, los cuatro discos de las ruedas se asentaban en el suelo. Estaba claro que se proponía dejarnos allí inmovilizados.

—Entrégueme su móvil —se lo di sin rechistar.

—Ahora me dirá dónde está el *oder* que falta, *ahora* —remachó— o le pegamos un tiro a la mujer. Como usted sabe, no nos importaría gran cosa. Me está costando más contenerme. No sea ridículo: usted no está en situación de mandar en mí, más bien de obedecer. No me haga perder más tiempo.

—El último *oder* está en la ciudad, en el buzón de correos de mi casa, dentro de un sobre con mi dirección. Así de simple. Tenga la llave. Escuche sólo una última cosa: si nos mata ahora, no sabrá, finalmente, si le estoy diciendo la verdad hasta que sea demasiado tarde.

—Muy ingenioso. Le gusta la literatura policial, es evidente —volvió a mirar todo el contorno—. Este lugar está muy alejado, ha escogido bien. El escenario adecuado para un desenlace. Por aquí no pasa nadie. Así que ustedes tendrán que bajar andando. Háganlo despacio, por su bien se lo digo. Voy a dejar dos hombres apostados abajo, donde la pista enlaza con la carretera. Es la única salida de este monte. Si ustedes llegan allí antes de tiempo, tendrán que matarlos. Media hora es suficiente para ir al buzón de su casa y comprobar que no ha mentido. Más le vale no hacerlo, ¿tiene algo más que decirme?

—Nada, el *oder* está allí, ya le he dicho que no quería engañarlos, sólo asegurar nuestras vidas. ¿Qué pasará cuando los tenga?

—Telefonearé para que los dejen seguir. Si el *oder* está donde efectivamente dice, serán libres. Tiene mi palabra. Si no está, seremos francamente *desagradables* —remachó— puesto que le gusta tanto esa palabra.

—Allí está, se lo garantizo —Xana apretó mi mano, asombrada de escucharme afirmarlo con tanta convicción.

Los cuatro hombres retrocedieron y entraron en el Mercedes oscuro, sin pedirme que les devolviese el maletín. El automóvil giró y tardó unos segundos en perderse de vista. Los vimos partir, al lado de nuestro Ford inutilizado, con las almas en vilo. No bien habían desaparecido de nuestro campo de visión, tiré de Xana y echamos a correr en dirección contraria.

—Corre, Xana, lo más rápido que puedas. No preguntes y corre. Corre o estamos muertos.

Jamás había corrido tanto en mi vida, ni volveré a hacerlo, estoy seguro. Nuestras vidas dependían de la velocidad. Unos cien metros más abajo de nosotros y fuera de la vista, estaba oculta nuestra única posibilidad de salvación. Si éramos capaces de hacernos con ella a tiempo.

XVIII

Otra vez la autopista, casi doscientos treinta kilómetros de desolación, sucediéndose sin pausa y sin compañía. Campos de la vieja Castilla, estepa enjuta por el calor del estío, tierra fronteriza con un Norte ajeno que sólo es un perfil de montañas lejanas en la ventanilla derecha. El Clío color verde manzana atraviesa, en el amanecer, por los delimitados carriles rectilíneos, campos de girasol, trigo, cebada, vides enanas y retorcidas en la llanura indefinida, latifundios del cereal y de la perdiz. En la lejanía las hileras terrosas de edificios recortados contra el cielo azul brillante y nítido, Palencia, Valladolid, después Tordesillas. De vez en cuando, las cigüeñas sobre el campanario de una iglesia ocre como las casas del color árido del barro reseco, algún milano real, ave de rapiña readaptada a la basura de los vertederos, tal vez los buitres en la distancia, cometas circulares en el aire de ninguna parte, los cardos afilados y amarillos asomando entre los valles de las cunetas. El resto es sólo una transición fugitiva y repetidamente invariable de automóviles, camiones, furgonetas, *trailers*, asfalto, señales de tráfico, estaciones de servicio, vacío.

En Benavente la carretera se bifurca como los senderos del jardín argentino. La N-VI a la derecha, hacia el Norte, Astorga y Ponferrada, el tramo final del camino francés que abandonó en Burgos. A la izquierda, la N-525, Ourense, O Padornelo, las tierras que recorre el Tera antes de desembocar en el Esla y éste, a su vez, en el Duero. Compostela también al término de la vieja ruta de la plata o camino real en otro tiempo. Un atavismo le hace recordar, si acaso, que la matria la está esperando en esta segunda alternativa que, pasado Ourense, esas tierras de *bocarribeira y de pan llevar* fueron las de Carmen Estévez, su madre desconocida, olvidada por ella incluso en el apellido que no lleva.

Se decide por la carretera de la izquierda, puertos y túneles, encinas que van siendo sustituidas por carvallos. Almuerza en Otero de Sanabria, un complejo hotelero al pie de la carretera, asediado por los camiones y el bramar continuo de los vehículos acelerados en la recta. La comida tiene el picante seco del pimiento; el fuerte guiso, de carne y legumbres, le deja la boca adormecida; el vino es tinto, denso y espeso como la arcilla de la tierra. Pero el café, intenso y aromático, la reanima después de la siesta. La Puebla, A Gudiña o Verín se van descolgando entre las revueltas del camino, castillos o torres que fueron otrora frontera con la meseta abierta, delimitada por los mismos montes que los amparan.

Pronto se vislumbra Ourense, al fondo de su agujero. Los carteles turísticos convidan a visitar las tres cosas que no tienen par en el mundo: el más viejo de los puentes sucesivos que la urbe fue tendiendo para abrazar el Miño, el magnetismo residual del agua que hierve y cura, la catedral enésima que contiene, sin que Natalie lo sepa, un cristo de larga cabellera y barbas que crecen como un milagro, presidiendo las viejas calles del vino y la esmorga. Pero ella no es una turista cualquiera. No es la prisa lo que le impide detenerse, sino la inapetencia por ver otras piedras sucesivas, marcadas por la humedad, el moho y los canteros; por contemplar otras caras repetidas y ajenas.

Es un puente nuevo, no el romano, el que la transporta al otro lado del Miño. Pasadas las tierras de Rivela y las de Coles, cerca de los llanos de Amoeiro, cruza Tamallancos. Entra en las terrazas de Vilamarín y Cea, prados y heredades infinitamente cuadriculados por la geometría de los muros, sólo a medias despiertos en el ensueño del yermo. Desechado también el desvío hacia Oseira, el Clío de Natalie, luego de repostar unos kilómetros antes, en Cambeo, avanza ya por la linde entre las fincas del Barbantiño y las del Arenteiro. Pasa un indicador de población, como tantos otros no leídos ni atendidos. Pero esta vez la casualidad o un deseo telúrico imperativo hacen excepción en el desinterés. Dos nombres: *Sagra 4,3. Sta. María de Uces 8*. Sagra era la aldea de donde vino Carmen Estévez, el nombre desenterrado de los fragmentos más hondos de su memoria inconsciente por la rareza de este viaje de incierto retorno.

Hacia Sagra se desvía Natalie, cogiendo a la izquierda. Son sólo unos kilómetros hasta el pueblo, pero se hacen largos por la estrechez de la pista asfaltada, de cunetas devoradas por la exuberancia de los zarzales. No tiene muy claro lo que viene hacer aquí, pero a estas alturas ya apenas hay nada claro para ella. Ahora recuerda vagamente, de manera desdibujada, o tal vez imagina, que su madre tenía una hermana mayor, que había quedado en la aldea. ¿Estará viva todavía? No recuerda nada más, ninguna huella imborrable en el recuerdo, ni siquiera un nombre o una fotografía que reconocer. Nada conserva. Su padre se había vuelto a casar de inmediato y todo lo había tirado. Pero tampoco a Natalie se le había ocurrido jamás, antes de ahora, averiguar los orígenes de su familia.

Poca cosa es Sagra, después de todo, para venir desde tan lejos en su busca. Una aldea de tantas, con un pie en el valle de tierras fértiles y el otro en el monte cubierto de tojos y pinos. Al rededor de las casas, vallados bajos y algunos alambres que separan ejidos y prados, dividiendo el paisaje. Siete u ocho casitas de piedra menuda, medio derruidas hoy, que fueron las originarias del solar. Elevándose sobre ellas, algunas de nueva fábrica, perpiaños de Porriño en las paredes y pizarra oscura en los techos. Al lado de cada casa, al menos de las que están a la entrada de la aldea, próximas a los escalones asfaltados del viejo cruceiro, sus huertas con berzas altas y manzanos. En la primera huerta hay una vieja, pañuelo a la cabeza, enlutada, haciendo acopio de forraje para los animales. Natalie siente el impulso de pregun-

tarde, detiene el auto, baja. La vieja ni siquiera levanta la cabeza.

—Buenas tardes. Busco a la familia de Carmen Estévez, ¿la conoce?

—¿Y para qué la quiere? —la pregunta devuelta, casi con insolencia. Los viejos ojos azules casi transparentes por la edad, sumergidos en un abismo de arrugas, se clavan en los de Natalie, y le hacen sentirse de inmediato casi culpable, o intrusa cuando menos.

De cerca, la mujer de luto es aún más vieja; podría tener todos los años de la sierra pulimentada por la erosión que se divisa tras ella. Y como la de la misma sierra, la verticalidad de la mujer que recoge el haz de hojas en un brazado, para enfrentar a la recién llegada, es sólo un recuerdo lejano, vencida la espalda, abatida por el peso de los años.

—Conocí a Carmen Estévez en Francia, emigró de joven. Ella era de esta aldea, ¿no? —y tampoco Natalie, si se viera obligada a hacerlo, podría precisar por qué miente.

—¿Conoció a Carmen?, ¿por qué me lo dice? Carmen Estévez murió. Y de eso me parece que ya hace mucho tiempo. ¿Qué más le da que fuese de aquí o de otro sitio?

La vieja tiene razón en el fondo, piensa Natalie, la razón inapelable de la tierra negra del labrantío en la que traquetean sus zuecos gastados, la del río que nunca desanda el camino peñas arriba, la razón del tiempo no tiene vuelta, ¿para qué intentar dársela?

—Me habían dicho que Carmen tenía una hermana mayor que había quedado aquí, en Sagra, cuando ella se marchó...

—Le habían dicho, le habían dicho, ¿quién le dijo tal cosa?

—Me lo dijo ella, Carmen...

—No le creo. No sé quién es usted ni qué quiere, pero Carmen murió hace tantos años, más de treinta por lo menos, quién sabe, y usted es demasiado joven para haber tenido mucho trato con ella. Las cuentas no cuadran.

—Tiene razón. No me lo dijo ella, me equivoqué. Me lo dijo su hija. Usted sabía que Carmen tenía una hija, ¿verdad?

La vieja, esta vez, no responde. La observa, ahora, de los pies a la cabeza, como buscando las señales inequívocas de un parentesco escondido. Pero su cara, tras el análisis, no denota frío ni calor. Parece una esfinge.

Las mujeres se miran todavía por un instante, sin palabras, las dos nerviosas, como desafiándose. Natalie comprende que no hay más qué hablar.

—Bien, disculpe si la he molestado... Veo que desconfía de mí. Yo no le he preguntado por mal, puede creerme. Gracias de todos modos. Seguiré preguntando.

Natalie se vuelve y camina hacia el Clío, notando aún la mirada inquisitiva de la vieja clavada en su espalda. Apenas da dos pasos, cuando la mujer de luto la reclama.

—Espere, ¿a quién le va a preguntar? No quedamos muchos en el lugar con edad como para haber conocido a Carmen, unos también se fueron y otros murieron; de los que quedamos nadie le va a decir otra cosa que no le diga yo. No pierda el tiempo y siga su camino. Carmen se marchó de joven, con dieciocho años. Nunca volvió y vendió su capital por poderes, sus tierras. Ya no tiene nada aquí. Es cierto que tuvo una hija con un francés, Natalia, lo puso en una carta. Y después murió, al poco tiempo. La pequeña también murió. De su casta no queda allá nadie. Y aquí poco menos.

Natalie recibe, desconcertada, la avalancha verbal. No sabe qué responder, ni cómo despedirse. La noticia de su propia muerte no le sorprende, sin embargo. A fin de cuentas, no deja de ser premonitoria. Ya puesta la mano en la puerta del Clío, escucha aún la última revelación.

–Por si le interesa, yo soy Tadea, la única hermana de la difunta Carmen, que en paz descanse. Y ahora, váyase por donde ha venido.

Natalie vuelve al coche y acelera. Sagra recula, perdiéndose en las curvas del retrovisor. No ha sido larga la parada, no ha sido nada, no ha sido siquiera. Nada sintió, ni matria ni memoria congénita. Delirios de un loco, y ninguna otra cosa, los devaneos del tal Jean, qué esperaba entonces. La carretera general la acoge de nuevo como a una hija descarriada. A la izquierda se agazapa A Madalena. La llanura del Deza la recibe, rumbo norte salpicado de cruceiros y de prados. Rebasado Lalín, la carretera dobla al oeste y agota las tierras del Deza volando sobre el Ulla. Otra Oca, con su pazo, quedó atrás. Compostela ya se presiente. Apenas unas docenas de kilómetros para el final del viaje. ¿El final de qué?, se pregunta todavía Natalie, como si no supiese que no hay repuesta para tanta pregunta inútil, como si no hubiera aprendido aún que el azar no es providencia, ni destino el camino.

Santiago de Compostela no parece tampoco aquella mítica singularidad, la ciudad de las siete puertas, que florecía, según el *Codex Calixtinus*, con el resplandor de los milagros. Por lo menos no parece tal cuando se accede a ella al volante de un automóvil, sin motivación mayor para llegar a ella que para salir.

Autopistas de circunvalación, indicadores, vallas; idéntico paisaje urbano de edificios impersonales y asfalto que rodeará la sempiterna ciudad vieja artística y monumental en la que turbas de turistas ilusos consumirán souvenirs y carretes fotográficos. Pero como lo mismo da seguir que detenerse, decide Natalie, más valdrá terminar de una vez, parar y llevar este delirio hasta su absurdo final.

La mujer estaciona su Clío en una calleja empinada cualquiera, cerca de la avenida de Juan XXIII, en un hueco providencial que otro automóvil pequeño deja justo a su paso. Como había hecho en Tours, Natalie se deja llevar por la riada de la gente. Dejando atrás San Francisco, resbala lentamente hacia el Obradoiro, espacio en el que desembocan los caudales humanos deslizándose como hormigas en compactas filas. Sobre las losas graníticas, enmarcadas por los palacios y la catedral barroca, se entremezclan en estos momentos todas las lenguas y todos los acentos, todas las instantáneas kodak y todos los uniformes, todas las instituciones del poder y del dinero, toda la penuria y la picaresca de los mendicantes y quincalleros, vigilados por la policía que indaga documentaciones y permisos.

Las escalinatas tras las rejas, pasando entre David y Salomón, conducen a un pórtico donde reina la Gloria sobre las fuerzas del mal, aplastadas por el peso de la Revelación y de las columnas. Natalie, que ya sabía de la obra de Mateo, no deja de admirar tanta belleza didáctica, que remite a épocas pretéritas cuando la vida y la muerte tenían un sentido, y la salvación un precio fijo en el mercado de las almas redimidas, un tiempo feliz y perdido en el que aquí *se desatan las ligaduras de los pecados, se abre el cielo a quienes llaman a sus puertas, se consuela a los afligidos, y las gentes de todo el orbe acuden en tropel a presentar sus ofrendas en honor del Señor*. El naturalismo y la ingenuidad de un paraíso a la medida de los comunes anhelos de la edad media. Ancianos, santos, apóstoles, profetas y niños, de humana belleza teñida por la revelación de la divinidad, se desprenden desde los arcos del pórtico y van cayendo en los ojos de la viajera sin destino y peregrina accidental.

Sus dedos se sumergen también en los agujeros del parteluz, pero el báculo de Jacob, la tau de la sabiduría, no derrama sobre ella la luz de ninguna gracia visible. Todo, dentro de la catedral, le sabe a frialdad de mármol y a oscuridad de sarcófago, tan viejo y ajeno como su propio cuerpo, que ahora alarga sus pasos bajo las inmensas bóvedas, casi afirmado en la seguridad de que nada esconden las naves de la colosal iglesia que pueda pertenecerle.

El río de gente avanza hacia el crucero nave arriba, luego de tropezar contra el santo de los *croques*; Natalie se integra en la manada de nuevo, displicente y aburrida. Capillas sucesivas, repetidas columnas, interminables confesionarios con inscripciones en latín que detallan las lenguas de los confesores pasados, como artefactos para el perdón a los que acudiría si tuviese algo de qué arrepentirse o si supiera como hacerlo; no es el caso. Detrás del dosel barroco, coronado de joyas y triunfante en su esplendor, Santiago, el hijo del Trueno, espera su abrazo. Pero Natalie no gasta sus abrazos con esculturas. Baja a la girola y desciende a la cripta, mas la urna de plata, tan venerada, tampoco calienta el hielo de su interior. A pesar del calor del día afuera, la frialdad de tantas piedras, para ella tan silenciosas como indescifrables, empieza a hacer mella en su ánimo. Sale del templo, devorada por el escalofrío y el desencanto.

La puerta que devuelve a Natalie al exterior de la basílica oculta en un rincón de su tímpano, incrustada entre los relieves más antiguos del Cristo y de los diablos tentadores, la figura de una mujer medio desnuda que arrulla a una calavera. Tal vez sea ella misma. Se queda por un momento observándola, despacio, como quien divisa otra premonición.

En la plaza de las Platerías, la tarde comienza ya a debilitarse en un cielo azul difuso, por encima de los caballos marinos que escupen agua por sus bocas, tras las casas de la Conga y del Cabildo. Baja las escaleras y sigue por la rúa da Raíña, entra en un bar del Franco y, luego de ir al baño, pide un refrigerio. En ese momento advierte, cuando va a echar mano al bolso, que ya no lo lleva consigo.

El bolso desapareció, y Natalie no se ha dado cuenta de cómo sucedió. Inútil interrogar al camarero. Ni siquiera le presta atención, atareado por los requerimientos de los demás clientes. Nadie ha percibido nada. Fue algo visto y no visto. Hace un instante, sólo un instante, el bolso estaba encima de la mesa, ahora parece no haber existido. Natalie se exaspera, grita con rabia. Al tercer intento, el mozo le asegura, por fin, que él no ha observado si ella había entrado en el establecimiento con o sin bolso. Tampoco los que ocupaban las mesas vecinas vieron nada. El ladrón pudo ser cualquiera que lo agarró y salió inadvertidamente, favorecido por el gentío que abarrota el local.

—Puede poner una denuncia, señorita. Si quiere, le indico dónde está la comisaría —rezonga ahora el dueño del negocio, que acudió ante el alboroto, y tiene pocas ganas de perder el tiempo con esta turista caprichosa que no sabe cuidar de lo suyo y que, en el peor de los casos puede ahuyentar a la clientela.

—Ahora bien, que quede claro que la culpa es suya y no nuestra. Aquí entran y salen cientos de personas al cabo del día, y nosotros no podemos controlarlas a todas. A ver si cree que...

—¡No importa! ¡Déjelo! —interrumpe Natalie, harta de la letanía—. Cóbreme y me marcho. Ya veré lo que hago.

El camarero pone el ticket delante de ella. Ella, con un gesto maquinal, hurga en los bolsillos. Apenas unas monedas. Advierte entonces, al dejarlas sobre la mesa, que, con toda seguridad, no van a ser suficientes para el pago de la consumición. Pero ya el amo trata de recobrar la simpatía perdida.

—Por favor, niña. Invita la casa. Es lo menos que podemos hacer, después de...

—¿Con qué niña está usted hablando, cerdo relamido? ¿Ahora viene con esas? ¡Yo no soy su hija, ni cosa que se le parezca! —estalla Natalie ante el repentino paternalismo—. ¡Es lo último que me faltaba por escuchar hoy! ¡Guarde su compasión para quien la precise!

La mujer sale de la cafetería sin recoger las monedas, ante el estupor de los presentes, sintiendo que la rabia le rebosa del pecho. Desanda el recorrido, mientras el ocaso estival se hace dueño de las calles atestadas. Paradójicamente, experimenta una irritación súbita e intensa que la hacer sentirse viva, dispuesta a abandonar cuanto antes esta ciudad famosa y falsa. Pocas cosas, en este viaje delirante, como la actitud meliflua del hostelero, lavarse las manos para luego compadecerla, lograron sacarla tanto de sus casillas. Ahora sólo quiere largarse de Compostela. Cogerá su automóvil, y vámonos. Aún le queda la documentación y parte del dinero, que guardó bajo un asiento. Será suficiente. No sabe adónde irá o si irá a alguna parte. Pero ya no aguanta más esto. Ni las piedras, ni las conchas de vieira, ni los turistas.

Pero, al bajar por la calleja donde había estacionado el Clío, una nueva sorpresa espera a Natalie. Hay otro coche que no es el suyo en aquel lugar preciso. Al principio, no entiende lo que pasa. Incrédula, vuelve a mirar y se asegura de hallarse en la localización correcta, revisa toda la hilera de coches. Ninguno es el de ella. No hay error. También le han robado el coche.

En aquel momento comprende. ¿Cómo pudo ser tan estúpida para no darse cuenta antes? En el bolso iban las llaves del automóvil. Más fácil no lo podrían tener los cacos, ni hecho por encargo. Con toda seguridad, ya debían estar al acecho de los vehículos que aparcaban en estas calles, estrechas y retiradas, para vaciarlos. Y encima, una mujer en sus circunstancias, la presa ideal: extranjera, sola, vagando ajena a todo, dejándose llevar por la multitud. Les bastaría con fijarse en ella, y seguirla durante un rato para aprovechar el mínimo descuido y hurtarle el bolso. Y enseguida, el automóvil, con los papeles, la ropa, el resto del dinero. Trata de recordar, de hacer memoria de alguien que la hubiese seguido desde que estacionó hasta la rúa del Franco. Esfuerzo vano. Por más que lo intenta, no consigue individualizar a nadie en quien encarnar sus sospechas. Ni siquiera remotamente un cuerpo, alto o bajo, de hombre o de mujer, ni una sola cara.

Se descubre desnuda, despojada, sin una moneda ni un papel, derrotada, enfrentada con su final. ¿Irá a la policía? ¿Para qué? Avisarán al consulado, a Henri. El molino de la burocracia y de la costumbre empezará a girar de nuevo para dar, al cabo del tiempo, contra este mismo vacío. Mejor acabar de una vez, sin diferir más lo inevitable. Así mismo, como está, con los bolsillos completamente vacíos... ¿Completamente? La mano izquierda de Natalie, en su infructuoso registro, acaba de tropezar con algo, lo único que le queda de cuanto tenía.

Es un pequeño rectángulo de cartulina blanca. La mujer lo extrae y se queda mirándolo, a la luz de una farola recién encendida. La tarjeta muestra, en grandes caracteres, el nombre de una factoría de Ortigueira: ORMARSA.

XIX

En el aeropuerto, a tu llegada, te imaginas el centro de todas las miradas. Observas alrededor, obsesionada por la sospecha de estar siendo vigilada, esperando verlos aparecer en cualquier momento, convencida de que están aquí, al acecho, como lobos que otean la víctima propiciatoria que saciará su hambre. Pero no descubres nada que se salga de lo normal. Nadie de apariencia sospechosa, nada al margen de la común vulgaridad de tantos aterrizajes, ni una mínima base en la que sustentar tus terribles presunciones. Mas sabes que la normalidad es sólo aparente, ellos no perdonan. Te despides de los colegas de vuelo, esta vez no los acompañarás en el microbús. Irás por tu cuenta.

—¿Otro novio que no quieres que conozcamos, Xana?
—Lo has adivinado, mira por dónde. Adiós. Nos vemos.

Pero no pueden saber la razón, ni adivinarla siquiera, como tú tampoco aciertas a concebir una sola salida, en caso de que la hubiese. Sólo sabes una cosa: que tienes que ganar tiempo, pase lo que pase, no hacer lo que ellos esperan que hagas. Ganar tiempo sea como sea, tiempo para pensar, tiempo para huir, si aún queda alguna posibilidad de huida. Que no te vean llegar en el autocar con los otros, por si te están esperando. Ganar tiempo, cuando menos.

Para eso irás en taxi, sola, decide tu mente de súbito despierta, como rediviva por la querencia de la tierra nativa que pisas, trabajando a la desesperada. Que supongan que quieres descansar, que quieres ver a ese novio que no tienes, que quieres hacer cualquier cosa. Para eso te cambias en el aseo, escondes el uniforme, desordenas el cabello, adoptas el aire dubitativo de viajera recién llegada y no el habitualmente desenvuelto de la tripulante de una línea aérea. Para eso coges el último taxi, solitario residuo de la hilera interminable que esperaba hace apenas unos minutos la llegada del vuelo, cuando ya todos los restantes, y también los vehículos particulares y los autocares, han partido. El paraje, casi desierto ahora, es sombra de lo que era.

Noche incipiente, pronto oscurecerá del todo. No les parecerá extraño que no entregues los *oders* hasta mañana. Dispones de unas pocas horas todavía, hasta que adviertan la deserción y corran tras de ti como perros azuzados. Será suficiente para tratar de huir, tal vez, siempre que mantengas firme tu voluntad y no sucumbas a la tentación de que el cristal negro devore de nuevo tu mente; sabes que si lo haces estarás definitivamente perdida.

—Es aquí. Déjeme en este portal. ¿Qué le debo?

El conductor mira el taxímetro, añade los suplementos. Se vuelve hacia ti, como si quisiera seguir intentando, por enésima vez, luego de los reiterados intentos fallidos durante el trayecto, establecer algún modo de conversación que lo libere por unos instantes del aburrimiento de su trabajo. Te apeas rápida, sin darle tiempo a hacerlo.

—Quédese con el cambio. Gracias, ya bajo yo todo el equipaje.

—Como quiera. Buenas tardes.

Caminas unos pasos hacia el portal desierto, como si realmente fueras a entrar, mientras el coche de alquiler arranca y se pierde en la noche de esta calle no muy céntrica, escasamente concurrida a estas horas, a pesar de lo poco avanzado de la noche. Cuando el taxi está lejos, miras de nuevo a tu alrededor, deshaces parte de tu camino, andas dos manzanas de edificios y entras en el parking subterráneo. Tu Opel Corsa rojo te espera en el tercer sótano, y con él tus escasas posibilidades de huida.

Dentro del aparcamiento no se ve a nadie; todo está silencioso y casi completamente a oscuras, inquietante. Las garras del miedo, entonces, hacen de nuevo presa en tu corazón, Xana; se burlan de tu locura al venir aquí de noche, sola. Surgen los presentimientos más trágicos, por más que las entradas y salidas sean vigiladas por el guarda de seguridad en su cabina, siempre atento a las cámaras. A medida que bajas la escalera, todo se asemeja al comienzo de tu fin. Las sombras, que pueblan la inmensidad vacía de este sótano, salvados los mínimos cauces de luz donde las lámparas mienten precarios refugios, están llenas de huecos negros desde los que ellos pueden espiarte y caer sobre ti en el momento menos pensado. Ahora mismo, sin piedad, sin testigos. Te sientes atrapada en una ratonera, estás a punto de desfallecer, pero aprietas el paso, aunque sólo sea por inercia, resignada a lo inevitable.

Te asombras de alcanzar tu automóvil sin que nadie te detenga. Te cuelas dentro como una exhalación, bloqueas las puer-

tas, respiras hondo tratando de serenarte. *Jamás abrigo alguno te pareció tan acogedor. Pones el contacto que se resiste a encender, tras varios días de inactividad, brindándote ocasión para un nuevo sobresalto. Por fin el motor ruge, dijérase que suena a música. Enfilas la salida. Sólo una mínima parada para introducir la tarjeta en el control automático y ya estás fuera, en la noche, en la calle, huyendo.*

Primero, dejar los cristales en lugar seguro. Pueden ser tu única garantía de vida. ¿Qué lugar puede ser seguro? Ninguno, entonces la única posibilidad es el lugar impensado. ¿El gimnasio... estará todavía abierto? hay que intentarlo. Aceleras. Diez minutos que parecen siglos interminables. El gimnasio tiene aparcamiento en el sótano, con acceso directo desde la calle; nadie te verá entrar. Ojalá no llegues demasiado tarde. El parking aún está abierto, una nueva tarjeta te franquea sus puertas; la suerte te acompaña, que no se tuerza la racha. Echas mano del primer bolso que puedes, un saco deportivo rojo con el anagrama de tu línea aérea. Sólo tiene dentro unas cuantas prendas de ropa, no te paras a mirar más, no hay tiempo, tienes ropa de sobra.

Nadie a la vista. Prescindes del ascensor. Corres a los vestuarios, por la escalera, todo está desierto. Que no cambie la fortuna, no ahora precisamente. La llave. La llave de tu taquilla, la dieciséis, aquí está. Tus manos tiemblan, Xana. Echas un vistazo alrededor, una vez y otra. Adelante. Sacas la bolsita de cuero del escote, la envuelves en la ropa, y ya estás a punto de cerrar la cremallera cuando la duda, el miedo, el pánico, que vuelven de súbito, en una repentina ola ascendente, te fuerzan a coger uno cualquiera de los oders *y a guardarlo otra vez* contigo. Sólo uno, por si acaso. Empujas la cremallera, ahora con fuerza, como si quisieras arrancarla. Introduces la bolsa en el armario y retiras la llave. Corres al coche que te espera abierto en el aparcamiento —incluso olvidaste cerrarlo con las prisas— volando como alma que se lleva el diablo, y en este caso el dicho común contiene hondas evidencias.

¿Y ahora? Escapar, en cuanto puedas. Largarse como un relámpago. Hundir el pie en el acelerador hasta que duela por el esfuerzo. La circunvalación, primero. Seguir el indicador azul de acceso a la autopista en cuanto aparezca, es lo más rápido. ¿Norte, Sur? ¿A Coruña, Vigo? Norte, es lo más alejado de tu casa, adonde menos esperarán que vayas. La aguja del cuentakilómetros se abate contra el lado derecho de la esfera. Toda la calzada es tuya. Estás sola, alejándote de ellos, efímera libertad. Salida 67. La noche avanza, pero no tienes sueño, estás lúcida; completamente despierta, como nunca lo has estado. Salida 55. Salida 41. Los indicadores se quedan atrás. El nudo de Guísamo, ¿A Coruña u O Ferrol? O Ferrol, decides aplicando la misma lógica inicial de inversión de lo acostumbrado. Entras en Fene. Nuevo cruce de carreteras. ¿O Ferrol u Ortigueira? Ortigueira. Ortigueira en lo sucesivo hasta Ponte de Mera. Otra bifurcación. ¿Ortigueira o San Andrés de Teixido? San Andrés de Teixido.

Han pasado muchas horas desde que comenzaste esta absurda huida. Inicias el ascenso de A Capelada, dejando a tus espaldas la ría de Ortigueira. El insólito acantilado de A Herbeira, áspera muralla de piedra golpeando contra el océano, por donde nunca en tu vida habías transitado, te deslumbra con las primeras luces del día que vienen rompiendo por Ortegal.

Refrenas la marcha mientras una pregunta se abre paso entre las preocupaciones que nublan tu pensamiento ¿Por qué San Andrés de Teixido? Sólo porque nunca habías estado antes, ¿sólo por eso? ¿O hay algo más? Quizás haya algo más. Cuanto más lo piensas, más te convences. Hay algo más: una historia. Otra historia, que no es la tuya, pero que tiene mucho que ver con la tuya. Tienes que recordar esa historia. Estoy delirando, piensas. Es el pánico, pero ellos no están aquí, en este momento. Aún no. Nadie te ha seguido. Tienes que recordar la historia. La historia, no el dicho. El dicho, por supuesto, todo el mundo lo conoce: a San Andrés de Teixido, va de muerto el que no fue de vivo. *Pero no es eso. No es esa la historia. La historia. Te la contaron en la escuela. En Lalín. Hace tantos años. Fue uno de tus miedos recurrentes en los años infantiles. ¿Cómo es que ahora no lo recuerdas, Xana? Tienes que recordar la historia, te repites. En esa historia está la clave que te ha hecho venir. No ha sido la casualidad, no ha sido escoger al albur en las encrucijadas de las carreteras. Fue esa historia que te contaron cuando eras pequeña. Por eso estás aquí, aquí precisamente.*

Detienes el coche, hundes la cabeza entre los brazos encima del volante, pero no estás durmiendo. Ni es cansancio. Tu vigilia es tan intensa que duele. Oyes el batir acechante de las olas que se rompen al pie de los cantiles. Monótono, continuo eco que se parece a un taladro en tu cabeza, repitiendo: tienes que recordar, tienes que recordar, recordar, recordar, recordar. La cabeza. Eso era. Había una cabeza cortada en la historia. No, una cabeza no. La calavera. *Era una calavera.*

XX

Sin aliento, después de resbalar varias veces entre los guijarros, desemboqué con Xana en mi objetivo. El todo terreno que había escondido en aquel monte dos días antes, la misma fecha en que había propuesto la cita en la Alameda. Un enorme *cuatro por cuatro*, el más potente que había podido encontrar, alto y macizo como un tanque. Empujé sin contemplaciones a la mujer hacia dentro del coche. No tenía siquiera tiempo de limpiar la maleza con que lo había ocultado, descubrí un poco el cristal delantero y arranqué de manera suicida. El todo terreno patinó sobre las piedras, deslizándose peligrosamente por la acusada pendiente en la que lo había escondido. Apreté la palanca de cambios como si quisiera arrancarla, ligué la tracción a las cuatro ruedas. Nos precipitamos monte abajo, cruzando en línea recta el pedregal. Los violentísimos bandazos estuvieron a punto de hacernos volcar en varias ocasiones. Xana me miraba con asombro, el estupor pintado en el rostro, empezando ahora a vislumbrar lo que me proponía.

—¿Los vas a alcanzar?

—Más nos vale hacerlo, o estamos listos. Ponte el cinturón, y ponme el mío.

Nos llevaban ventaja, pero no contaban con nuestra reacción. Nos suponían inermes. Quizás no forzarían su marcha. Nos imaginaban a pie, así que no tenían por qué apurarse. Nosotros íbamos en línea recta, ellos haciendo curvas, entre las interminables revueltas del camino. Como la pista era infernal, estrecha y llena de baches, no querrían arriesgar la carrocería del Mercedes —supuse— a pesar de su urgencia en hacerse con el *orken*. Tal vez no tuviésemos aún todo perdido.

Fueron unos instantes de infarto, la gravedad tiraba en vertical de nuestro pesado vehículo, pendiente abajo. Yo, de manera suicida, en lugar de frenar, lo aceleraba. El pánico hizo presa en mí, me vi incapaz de controlarlo. Si no alcanzábamos nuestro objetivo, sin duda volcaríamos el final de aquella caída vertiginosa. Pero ya todo daba igual. No podíamos volver atrás. Si mi desesperada tentativa salía mal, moriríamos de todas formas. Muertos por muertos, había que jugar la baza postrera.

Nos hallábamos casi en la mitad de la falda del monte, y ni rastro del Mercedes. Pensé, por un instante, que tantos preparativos habían sido vanos, y que era demasiado tarde para alcanzarlos. Nuestro único futuro era ya el impacto final contra las rocas, no bien rematase la pendiente. Pero, ocultos por un peñasco, allí estaban, bajando con precaución, ajenos a lo que se les venía encima.

Aceleré aún más, ahora o nunca. Golpearíamos al Mercedes en mitad de la parte lateral derecha. No nos habían visto llegar hasta que nos tuvieron encima, el sol les daba de cara, tal como yo había calculado. El conductor no tuvo tiempo material para esquivarnos. Nuestra embestida fue brutal. Se dispararon los *airbags* de los dos coches. Con alivio, comprobé que el Mercedes, aparentemente sin daños mayores en la carrocería, caía por el talud que se abría a su izquierda. Aquella, y no otra, lanzarlos por el barranco, había sido desde el principio mi intención, la razón de que yo hubiera escogido semejante lugar y hora.

No pude ver más en ese momento, la violencia del impacto nos dejó aturdidos. Apenas tuve tiempo de girar el volante y tirar cuesta arriba por la pista, entre los bandazos bruscos del *cuatro por cuatro* que amenazaba con arrojarnos, a nosotros también, por el abismo. Finalmente, pude frenar nuestra descontrolada marcha, golpeando lateralmente el vehículo contra un peñasco. Puse la marcha atrás para retroceder hasta el lugar del choque. El tiempo seguía jugando en nuestra contra. Si se hallaban ilesos y habían salido ya del automóvil, estábamos acabados.

—¡Enciende esas pastillas, rápido! —ordené a Xana, señalándole la guantera. Allí había yo dispuesto unos bloques de parafina impregnada de combustible, de los que se usan para encender las chimeneas, y mecheros.

Eché pie a tierra del todo terreno y arrastré el contenido del portaequipajes, dos grandes recipientes de plástico. Asomándome al desnivel, miré hacia el fondo. Diez metros más abajo, los ocupantes del Mercedes comenzaban a reaccionar. Por suerte para nosotros, no tuvieron tiempo de salir. Las dos garrafas que les lancé, con veinticinco litros de gasolina cada una, dieron contra el Mercedes. Aún no se habían quedado quietas, cuando los bloques de fuego, que Xana había prendido, las incendiaron. Se abrieron las puertas y los ocupantes empezaron a salir. Se decidieron tarde.

Todo fue una explosión horripilante, una llamarada, un estallido, una ardiente columna de aire incandescente que subió barranco arriba y nos hizo retroceder de nuestro observatorio, en un acto reflejo. Jamás podré olvidar aquel estruendo, aquella detonación y aquel deslumbramiento, ni aun que viviera mil años. Tampoco los gritos penetrantes de los hombres, desesperados, agudos, como taladros en mi cabeza, estampados sobre el fondo negro de la detonación. Y todavía menos el olor acre, asqueroso, de los hierros y de la carne quemada. Sé que, de no matarlos de aquel modo espantoso, el único a mi alcance, yo estaría muerto ahora. No abrigo ninguna duda sobre la certeza de esta afirmación fatídica. Los maté para salvar nuestras vidas, y quién sabe cuántas más salvé con aquel crimen.

Sin embargo, también sé, con idéntica certeza, que al hacer lo que hice con decisión de alimaña, me condené a mí mismo, ya para siempre, a vivir en lo sucesivo corroído por los remordimientos. Si escribo ahora esto es para reclamar comprensión, si aún me cabe pedir algo, nunca indulgencia. Doy cuenta de aquel cuádruple asesinato, por más que, siendo justificado, fuese también ineludible. Porque ya lo estoy pagando. Con mi rememoración continua, incesante y torturada. Con mi radical y despiadada soledad final, en la que agonizo. Si maté por Xana, y en el fondo sé que así lo hice, filantropías al margen, ¿por qué ahora no tengo a Xana conmigo? Tal vez en mi pecado llevé la penitencia. Cuando volvimos al mirador y, sacando fuerzas de nuestro abrazo, pudimos asomarnos de nuevo al barranco, nada quedaba de los hombres que habíamos visto instantes antes. Todo era un negro revoltijo de hierros calcinados y de formas irreconocibles. Allí terminaron los *oders* y, con ellos, sus dueños. Ahora éramos libres. Entonces, ¿a qué esta opresión que nos atenazaba el pecho, eterna negra sombra que se cebaba dentro de nosotros?

—Ya está hecho, Xana. Los he matado. Lo hice, amor mío —repetía yo a su oído, enterrando mis labios en su pelo, tan cerca de ella como dos días antes, en el primer encuentro.

—Sí, lo hicimos, lo hicimos —volvía a repetir ella, y sus lágrimas se mezclaban con las mías.

No sé cuánto tiempo permanecimos así, abrazados al lado del abismo, hasta que ella cortó el abrazo con brusquedad, apenas sobreponiéndose al llanto.

—Vámonos, tenemos que huir de aquí. Podría venir alguien y vernos. ¿Y los coches, cómo lo has hecho?

Tardé un momento en descifrar sus preguntas, alterado como estaba por las recientes emociones.

—Los alquilé por Internet, desde un cyber. No te preocupes, no dejé huellas —la tranquilicé, ya en el todo terreno, mientras nos alejábamos del monte Cabalar para no volver más—, di nombres y direcciones falsas. Usé el número de una tarjeta de crédito ajena. Borré las pistas. Nadie me vio.

—Eres una fuente de sorpresas —nunca una mirada de admiración me reconfortó tanto como aquella—. ¿Y ahora?

—Estamos vivos, ¿no? —respondí, desconcertado—. Nos amamos, ¿no es cierto? —proseguí con audacia—. Tenemos el dinero, y...

—Espera un momento, escucha. ¿Cómo sabes que me amas? Sólo es la segunda vez que me ves en tu vida. No sabes casi nada de mí.

—No puedo explicarlo, pero estoy seguro. Te quiero, y tú a mí. Y las cosas que me faltan por saber de ti las descubriré con el tiempo.

—A lo mejor, hay cosas en mí que no conocerás jamás. No puedo prometerte que vaya a responder a todas tus preguntas.

—No te he pedido ninguna promesa, ni te la pediré nunca —interrumpí con vehemencia—. Tampoco tú a mí. Pero estamos atados el uno al otro...

—Me gusta estar atada a ti, ¿sabes? Aunque no lo entienda —puso sus manos en las mías.

Guardamos silencio el resto del trayecto. Ahora sé que perdí la oportunidad de saber, para siempre. Debí arrancarle aquella promesa, debí exigirle razones claras, explicaciones evidentes a las cuestiones que ahora me atormentan y para las que ya jamás tendré respuesta. Perdí la ocasión, y no hubo otra en los años compartidos que siguieron. A veces, traté de aclarar los detalles confusos de aquella extrañísima y trágica historia. Había rasgos en el carácter de Xana que no cuadraban. Preguntas que habían quedado abiertas: ¿Qué relación tenía Xana con los misteriosos *oders?* ¿Cómo se obtenían realmente aquellas piedras demoníacas? ¿Quiénes eran sus secuestradores? y tantas otras. Pero ella tuvo siempre, para evitarlas, la habilidad de recordarme aquella primera conversación nuestra sin testigos:

Dijiste que no me pedirías ninguna promesa, que no me obligarías a hablar, ¿recuerdas?

Y yo callaba siempre. Volvía a besarla, a dejarme ir, a embarcarme dulcemente en el placer impagable de su compañía, aceptando el milagro de su presencia como un don divino, decidiendo para mí que sería la próxima vez, que en una ocasión futura lograría las explicaciones que aún no tenía. Hasta que un día infausto Xana desapareciera y no hubiese ya más ocasiones, ni explicaciones. Ni hubiese nada, porque nada podría haber en lo sucesivo en mi vida sin ella, excepto el peso ultrajante de la soledad. Más humillante cuanto más intenso es el recuerdo del amor y del delirio compartidos.

Esto, su desaparición sin dejar rastro –ni una nota, ni un indicio, ni una seña o palabra reveladora– y mi hundimiento, mi reclusión definitiva para consagrarme sólo a su recuerdo, sucedió cinco años después de aquel día en que rescatamos nuestras vidas en el Cabalar. El paréntesis entre esas dos soledades, esos cinco años de felicidad con ella, basta para justificar con creces mi vida. No sé si para prolongarla estérilmente, ahora que estoy solo.

De lo demás que aconteció aquel día, y los días que siguieron, poco hay que contar que no seáis capaces de imaginar; pero tampoco tiene sentido ahorrar los pormenores, una vez dados al ejercicio discutible del recuerdo. No volvimos a mi casa, ni a la ciudad. Nos fuimos a un hotel de las afueras, y nos hundimos el uno en el otro hasta ahogarnos. Todo fue distinto a como lo había imaginado tantas veces, en la espera interminable de aquellos días. Distinto y mejor, no habría palabras para contarlo; si cualquier mortal hiciese el amor con una diosa, ¿qué adjetivos incluiría al recordarlo, en qué frases cabría lo experimentado?, ¿qué metáforas podrían dar cuenta de las sensaciones vividas...? El mortal era yo, ella la diosa. Confieso mi impotencia narrativa. Me reafirmé en mi decisión de abandonarlo todo por ella, y lo hice. No me arrepiento, incluso en mi soledad final no me arrepiento. Cinco años son poco, dirán. Pero ustedes no amaron a Xana, ni ella los amó, ¿qué pueden saber, entonces, de la vida y del tiempo?

XXI

En la antigua puerta Faxeira compostelana, parada con la tarjeta en la mano, Natalie mira la hilera de taxis, indecisa. ¿Irá o no irá en pos de Luisa a Ortigueira...? De seguir con su absurdo desafío al destino, con el juego contra ella misma usando las reglas de la aleatoriedad con que inició el viaje, debería hacerlo. El azar fue el que convirtió a esta dirección en la solitaria supervivencia del despojo. Pero esto sería, piensa, si tal delirio tuviese aún alguna lógica, algún sentido a estas alturas, final del trayecto. Un salto al vacío quizás sea definitivamente mejor. Basta con dejar que los cansados pies la lleven, no importa el rumbo, por esta ciudad desconocida hasta alcanzar el lugar fatídico: un abismo propicio desde el que saltar a la nada.

Los taxis han ido desapareciendo de la parada. Sólo queda uno. Natalie echa a andar hacia A Senra.

—¡Disculpe, señora! ¿Puedo ayudarla en algo?

Quien así le habla es el taxista, apostado cerca de su vehículo. Es un hombre alto, fornido, de unos cincuenta años, con cara redondeada y pelo crespo y oscuro.

—No quisiera molestarla, pero he visto que usted andaba con una tarjeta, y dudaba en preguntar. Perdone si me meto donde no me llaman, pero nosotros estamos para servir al público. A lo mejor, puedo serle de alguna ayuda. Usted no parece de aquí. Ya sé que no es cosa mía...

—Tiene razón, no es cosa suya —concede Natalie—. De hecho, estaba dudando en coger un taxi, pero ya había decidido que no.

—¿Tiene miedo a que sea demasiado caro? —replica el hombre, súbitamente interesado—. Si me deja ver la dirección, tal vez podamos llegar a un arreglo. Puedo darle un buen precio. Hoy he tenido un mal día. He trabajado poco. Le va a parecer mentira, con tanto peregrino y tanta gaita, pero no cogen un taxi así los ahorquen, disculpando. No se me ofenda, ¡eh!

¿Por qué no? Tampoco tiene nada que perder. Natalie le tiende la tarjeta.

—Ya sé que esto está lejos y que ir allí será caro. Pero el problema no es ese. La cuestión es que acaban de robarme todo cuanto tenía, estoy con lo puesto. Usted tendría que esperar hasta la llegada para que mi amiga le pagase. Si es que la encontramos allí. No creo que le interese llevarme en esas condiciones...

—¡Calma, señora! No nos adelantemos a los hechos —examina atentamente la tarjeta—. Humm... Ortigueira. Escuche una cosa: ¿Ya ha denunciado el robo?

—¿Para qué? —Natalie alza los hombros—. Me han robado el bolso en un café, o tal vez fuera. Ni cuenta me di de cómo lo hicieron, con él iban las llaves de mi coche, y luego se llevaron el coche también. ¿Acaso por denunciarlo van a aparecer?

—La verdad es que tiene razón —responde el hombre pensativo—. Yo mismo he sufrido varios atracos, y lo único que gané con las denuncias fue perder días de trabajo en papeleos. La culpa es de este desgobierno que padecemos —suspira—. Los mangantes y los chorizos campan en esta ciudad a sus anchas, y en las vacaciones más. No es usted el primer caso. Y dígame: ¿ha avisado a su amiga de Ortigueira que iba a verla?

—No, no sabe nada. No había pensado en ir a verla hasta lo del robo. Pero ya estaba decidida a no ir, ya se lo he dicho. Bien, muchas gracias por la conversación. Me voy.

—¡Espere, señora! Suba. Yo la llevaré —insiste, ante el desconcierto de ella—, creo que no habrá problema para cobrar. ORMARSA es una empresa fuerte. Y, además, me pongo en su caso. Usted parece buena persona. Suba. ¿O es que desconfía de mí? Suba, suba delante conmigo. El viaje es largo y el tiempo se nos pasará mejor hablando.

¿Por qué no? Natalie entra en el taxi, que cruza Rosalía de Castro y después Romero Donallo, entrando en la circunvalación. La noche es cerrada ahora. Entre el tránsito intenso, el conductor habla sin parar, como sintiéndose obligado a amenizarle la velada. Natalie no hace excesivos esfuerzos por corresponder. El taxista, entre curioso y descarado, parece querer desvelar los secretos de Natalie. Ella va dando respuestas cortas y evasivas. Al contrario que Luisa o Haziz, este hombre no le parece apropiado para compartir confidencias, a pesar de su amabilidad.

—Así que, de peregrina, ¿no? —insiste él, ya en la autopista.

—En cierta manera. Peregrina, turista, como más le guste...

—¿Y viene de muy lejos?

—Vengo de Tours.

—En Francia, ¿no? Yo conozco Tours, he pasado por allí. En una época anduve en el transporte internacional. Recuerdo una vez que...

El hombre se adentra en el relato interminable de sus andanzas de transportista. Natalie lo deja hablar, distraída, como quien oye llover, interrumpiéndolo sólo ocasionalmente. Media hora más tarde se siente muy cansada. Le pesan los párpados, el incesante charlotear del hombre ya le aturde los sentidos.

—Perdone, estoy cansada. Hoy he conducido un montón de kilómetros. ¿No le importará si echo una cabezadita, verdad?

—Por supuesto que no. Duerma, duerma sin cuidado. No se preocupe. La avisaré en cuanto lleguemos —las últimas palabras parecen ser un eco lejano para Natalie, que está cayendo ya en el pozo profundo de la inconsciencia. El sueño la devora como una muerte dulce.

Despierta con una pesadez de plomo en las sienes y un sabor amargo en el paladar. Le parece que han pasado siglos desde la última imagen que recuerda, la línea de la autopista en el parabrisas. Tarda en comprender que algo va mal: el coche está detenido, todo es oscuridad excepto un residuo de luz de luna que desciende entre los árboles de la cuneta. Un roce extraño y espeluznante, la mano del taxista está hurgando en su escote. Se despabila en un instante; sus pupilas dilatadas pueden ver ahora: tiene la blusa abierta, está sin cinturón de seguridad, el conductor se está echando sobre ella.

—¿Dónde estamos? ¿Qué hace?

—¡Calla, puta! yo bien sé lo que quieres. Las mujeres sois todas iguales. Y las francesas peor. ¿Qué ibas buscando, tú sola, moviendo el culo por ahí adelante, sino un buen polvo?

El peso del cuerpo la aplasta, su olor denso —sudor, tabaco, aliento— hiede, le da arcadas. El hombre tiene la bragueta abierta, el miembro saliendo, sus zarpas desgarran el sostén, abren los pantalones de la mujer, los arrastran piernas abajo. Natalie grita, se revuelve, intenta clavarle los dedos en los ojos. Él le asesta una bofetada que la aturde y la hace deslizarse por el asiento, casi inconsciente.

—¡No te me resistas, mala pécora! ¡Te va a ser peor!

Ella está desnuda, tirada, con la cabeza en el asiento. No se siente capaz de oponer más resistencia y apenas de coordinar sus movimientos. Su mano tropieza en la guantera del cuadro, accidentalmente golpea el resorte, la tapa se abre. Varios objetos caen al suelo del automóvil.

El hombre, ya con los calzoncillos bajados, separa las piernas de Natalie. Los ojos de la mujer están clavados en él, escupiéndole su desprecio, sin ánimos para repeler la agresión. Los dedos de la mano derecha de Natalie tropiezan con algo que la hiere, un filo cortante; nota que la sangre mana de sus yemas. El hombre tira de ella hacia sí y comienza a empujar contra su vulva. El brazo de Natalie se abate una sola vez, como un relámpago invisible, sobre el cuello del hombre. La *gillette*, incluso con su envoltorio de papel a medio abrir, hiende la piel, siega como una hoz las arterias, la yugular, la carótida. Un cascada de sangre brota del cuerpo del hombre, escurre sobre Natalie. El taxista casi no tiene tiempo de darse cuenta de que muere. Apenas acierta a articular un insulto, a llevar las manos desde las caderas de la mujer a su garganta en un intento desesperado por ahogarla.

La lucha silenciosa, a vida o muerte, entre los dos cuerpos dura aún unos instantes inacabables. Al fin, la presión de las manos se afloja y Natalie puede huir del mortal abrazo. Empapada en sangre, como si sobre ella hubieran abierto un grifo, las lágrimas de Natalie se mezclan con el vómito que asciende por su garganta. A tientas, sobreponiéndose apenas a los escalofríos y al asco, con el terror en la cara y el corazón desbocado, Natalie abre la puerta del auto y se arrastra hacia afuera. No le es posible tenerse en pie, repta por la cuneta, como si el contacto con la tierra pudiese liberarla de estos momentos infamantes.

Muerde la tierra, gime, abomina de su suerte, de las absurdas coincidencias de este viaje absurdo; sus lágrimas se mezclan con la hojarasca. Pierde el tiempo y el sentido. Las horas transcurren. Cuando abre otra vez los ojos los dientes le castañetean, siente la frialdad en los huesos, pese al calor de la noche. Mira a su alrededor. El lugar es profundamente solitario, monte cerrado. Ningún vehículo, ninguna persona que le acudan. Finalmente, Natalie reúne las fuerzas suficientes para incorporarse. Va hacia el coche y tira del muerto hasta hacerlo caer en la cuneta. Cierra las puertas. Se viste parte de sus ropas, desgarradas y ensangrentadas, con asco y con nuevas arcadas. Coge las llaves y enciende el motor. Monte abajo, después de infinitas vueltas y revueltas, desemboca en una carretera más ancha, pero igualmente desierta. Está muriendo la noche. El amanecer comienza a abrirse camino en un cielo sin esperanza y sin nubes.

XXII

Ocupé los días siguientes a la matanza en los preparativos para dejar definitivamente aquella ciudad, en la que siempre había vivido, y considerado mía hasta entonces. No volví jamás a ella. Al día siguiente hice venir a mis padres y les anuncié la decisión de irme de la ciudad con mi nueva amiga, a la que apenas tuvieron ocasión de conocer, por causa de un trabajo que había encontrado lejos, abandonando así estudios y familia. No me reconocían. Pensaron que me había vuelto loco. La extrañeza por mi repentina mudanza no fue menor que la desilusión por no corresponder a sus deseos. No pudieron explicarse nunca aquel cambio que había experimentado en tan pocos días de separación. Tampoco les di mayores detalles de lo acontecido. No sé si, en el caso de haberlo hecho, eso hubiera mitigado su disgusto.

Ya nunca tendré ocasión de saberlo. Mis padres murieron al poco tiempo. Desde mi huida hasta su fallecimiento, no los vi apenas. Mis padres no eran jóvenes; mi doble condición de hijo tardío y díscolo fue, sin duda, un agravante de la depresión en sus últimos años y aceleró su fin. Este será otro resquemor que arrastraré conmigo hasta la sepultura. No les di explicaciones en aquellos días de preparativos, en parte porque no podía pensar en otra cosa que no fuese Xana, en parte porque tenía miedo de que el asesinato nos acarreara consecuencias indeseadas. Pensé, con cierta temeridad, que cuanto menos supiesen mejor. Ahora es tarde también para enmendar este arrebato. ¡Qué poco me habrían costado unas palabras que los tranquilizasen, contándoles todo superficialmente, en particular a mi madre! Cuando ya es imposible pronunciarlas, advierto fatalmente su necesidad. Inutilidad de las elegías. La vida es un río sin vuelta, ya lo he dicho.

Nos establecimos, pues, en una gran ciudad, más grande que la mía de procedencia. Sólo las ciudades grandes garantizan el anonimato, repito. Hay una clase especial de soledad, esta en la que difícilmente sobrevivo, que sólo es posible en las grandes ciudades. Tampoco diré su topónimo. Todas las ciudades grandes del planeta son semejantes, con sus vallas publicitarias de omnipresentes logotipos y sus hileras de automóviles a los lados de las calles. ¿Qué importa, pues, cuál sea esta ciudad? No son nada las ciudades, excepto lo en ellas vivido. En esta ciudad fui feliz con Xana, es la ciudad más mía.

Llegamos a ella con sobresalto, nerviosos como colegiales, dudando si emplear el dinero del rescate de los extintos *oders* o las cuentas bancarias, por miedo a que los cómplices de aquella trama criminal, de la que acabábamos de eliminar una parte insignificante, nos descubrieran. Lo hicimos con prevención y con infinitos cuidados, empleando tiendas y sucursales alejadas del barrio donde morábamos. Para nuestra fortuna y nuestro asombro, nada sucedió. Nadie turbó nuestra impunidad. Pasaron los días. Poco a poco, paso a paso, como quien se va adentrando en terreno desconocido y arduamente conquistado, fuimos comprendiendo que podíamos respirar tranquilos, como el común de las personas. Olvidamos el pasado, en la medida de lo posible. Nuestro amor era su antídoto natural. Si ahora, por contra, revivo lo pretérito, es porque la memoria se vuelve el único contraveneno de mi soledad.

Las primeras noches, y hasta bien entrada nuestra convivencia, Xana despertaba en mitad del sueño, invariablemente aterrada, cubierta de sudor frío y lágrimas. Recuerdos o pesadillas, ¿quién sabe?, eran algo que nunca compartió conmigo. Sí compartíamos, en cambio, en aquellas noches entrecortadas por el miedo y la extrañeza, el amor, el calor de los cuerpos, los abrazos dulces y tibios, repetidos hasta que nos dormíamos apretados el uno contra el otro y, al despertar, era día. La luz limpia del sol había disipado, benéfica, las tinieblas y los desencuentros, y comenzaba otro día a su lado, otra maravilla. Después, incluso estos temores nocturnos fueron remitiendo, en intensidad y frecuencia, y también las referencias al pasado. Comenzamos a sentirnos fuera del tiempo, juntos de siempre y para siempre.

La mortífera evidencia de la ausencia de Xana, repentina aunque no presentida, me reveló, implacable, la inanidad de mi arriesgada presunción de perdurabilidad. *"Siempre" es una palabra prohibida a los mortales,* leí en una ocasión. Todo mi ser se estremece ahora, y reconozco la fiabilidad de la vieja sentencia.

Mientras tanto, durante aquellos días fugitivos, por más que serán los más eternos para mí y para ella —a esta hora sospecho que Xana, quizá, ya sólo vive en mi nostalgia—, me dio por escribir. Como un desafío a mí mismo, como un juego, al comienzo. Desde siempre, había querido ser escritor. Uno de tantos sueños infantiles desechados en el tránsito insolente de la adolescencia. Ahora, para mi propio asombro, escribía con cierta fluidez. Aparentemente, el contacto con el *orken*, fuese lo que fuese tal materia, había amplificado mi imaginación; o tal vez había activado áreas neuronales antes infrautilizadas. No lo sé, ni quiero saberlo. Cuando nuestras reservas monetarias comenzaron a entrar en crisis, luego de buscar, infructuosamente, ella y yo otros trabajos, continué aquel juego llevando algunos originales a editoriales y revistas. Sorprendentemente, mis ficciones fueron publicadas. Comenzaron a venderse bien, hasta hoy. Lo aceptamos como un nuevo regalo del destino. Esto nos permitió subsistir, y además poder estar juntos todo el día, sin tener que abandonar nuestro territorio doméstico para otras tareas monótonas e ingratas.

Así fueron pasando los años, sin volver a tener nuevas de aquellos sorprendentes artefactos que nos habían reunido por un extraño azar. Miento, alguna vez supe de algo semejante por la prensa. Un artículo, que leí en una ocasión, hablaba de las investigaciones llevadas a cabo por varias multinacionales, en el Japón y en América del Norte, para obtener micro-circuitos informáticos o *chips*, como se les conoce vulgarmente, no hechos de silicio común, sino fabricados con neuronas humanas vivas, cultivadas en laboratorio. Por más que traté de seguir la noticia, no sólo por la prensa sino también por la red informática, no conseguí averiguar más. Si la noticia tiene o no alguna relación con los *oders*, es cosa que ignoro por completo.

Lo cierto es que los traficantes de estos extrañísimos materiales, que habían sido los encarnizados perseguidores de Xana y la causa accidental de mi amor por ella, se habían desvanecido sin dejar huella, por lo menos en apariencia, tal y como Xana había predicho en aquel ya remoto encuentro inicial. Esta familiaridad suya con el *modus operandi* de aquéllos nunca dejó de atormentarme, por cuanto dejaba entrever, a lo peor, algún tipo de complicidad. Jamás me atreví a asumir del todo esta idea disparatada. Xana era la persona más sensible y cariñosa del mundo. Recuerdo, por poner un caso, el día en que la encontré llorosa y deprimida debido a la lectura de un periódico. El recuadro periodístico que la había hecho sufrir –comprobé– trataba del robo de perros de raza, organizado por bandas de desalmados que les arrancaban de raíz las uñas y los colmillos y los condenaban a morir, indefensos, bajo las dentelladas asesinas de otros perros de pelea, sobre todo *pit bulls*, entrenados por dueños sin escrúpulos para matar a sus adversarios en peleas clandestinas y mortíferas que movían apuestas millonarias. Recuerdo este ejemplo, pero podría poner mil más... No, la bondad de Xana no podía ser cómplice de aquellos horribles desatinos en los que la había conocido. ¿Cuál era entonces la razón del conocimiento que de ellos tenía? ¿Y cuál el motivo de su obstinado silencio? Hasta hoy mismo, sigue faltándome la respuesta a estas cruciales preguntas. He aquí la herida que llevaré conmigo hasta la muerte. Sin embargo, no es mayor esta incertidumbre, ni las restantes —con ser para mí esenciales—, que las de tantos y tantos interrogantes que acechan a cualquier humano en su fugitivo tránsito por el mundo, y para las que ninguna filosofía ni religión halló todavía respuesta válida. Como escribió con acierto uno de los don Álvaro que en el mundo de las letras han sido, pocas veces los dioses nos conceden que se corran los velos que disimulan ciertas zonas del pasado: tal vez se deba a que no siempre estamos preparados para ello. Ignoro qué tan felices puedan ser aquellos que *consultan oráculos más altos que su duelo*, si tales oráculos existen aún con remedio para mi desdicha. Por lo demás, el mismo autor avisa: dice el Dante que no hay mayor dolor que recordar en la miseria los tiempos felices. Acabemos pues el relato, que no la rememoración, empresa obstinada que agotará mis días.

 A estas alturas, casi epilogales, habrán adivinado que mi nombre originario —prescindiendo de términos como *real* o *verdadero*— no fue Darío. Ni Gancedo su patronímico. Tal combinación nació, en un artificio de ocultación, como seudónimo literario, para venir a suplantar definitivamente al otro nombre cuando Xana lo hizo suyo. Los nombres cambian como las personas. Las culturas, despectivamente llamadas "primitivas" lo saben bien; por eso las personas en ellas cambian de nombre de rango o edad. Yo había mudado, en aquel mes de julio infernal y maravilloso, de costumbres y deseos, de certezas y anhelos. Había mudado de todo, menos de cuerpo. Lógico, pues, mudar también de nombre. Que el nombre definitivo hubiera sido elegido, no por nuestras precauciones iniciales, sino por un azar de la imaginación, entraba dentro de la lógica de las cosas.

El ciclo se cierra, regreso al comienzo. Los prólogos y los epílogos, lo mismo en la vida que en los libros, se parecen sospechosamente. Soy Darío Gancedo, contador de historias. Mi nombre les será familiar. Gasté parte del tiempo de mi felicidad con Xana en inventar extravagantes historias que vendí al mejor postor, a veces por mera necesidad de subsistencia. No sé si hice bien o mal. El tiempo no tiene vuelta. Estoy seguro de que la historia que acabo de relatar les habrá resultado no menos fantástica que cualquier otra. Sólo que ésta, a diferencia de las demás, es auténtica. Marcó mi vida y se grabó en mí para siempre hasta en sus menores detalles. De no haberla vivido, no habría sido quien soy.

Hay una parte de ella que, deliberadamente, omití. De mi relación con Xana, después de aquel día fatídico en el monte Cabalar, no les he dicho nada, si exceptuamos algunos rasgos fugaces y la evidencia de las muchas incógnitas que su desaparición, la incógnita mayor de la ecuación, impedirá para siempre que se resuelvan. Mi intimidad con ella, lo más sagrado e intransferible de esta relación, su núcleo, es sólo cosa mía y suya, allá dondequiera que esté, sea viva o muerta. Y nada de esto les pertenece, he aquí la razón de esta zona de sombras. Baste con lo dicho, pues. Contar todo sería traicionar el amor, y uno, aunque farsante por oficio puesto que es contador de historias, no cometerá el error de la impudicia. Mejor escojo el silencio.

Desde su partida pasaron años suficientes. Ahora tengo la total certeza de que jamás volverá, igual que la tuve de nuestro amor aquel día en que la vi por primera vez. Supe que mataría o moriría por ella. Lo primero no tardé en hacerlo, quizás no falta tanto para lo segundo. En todo caso, concluiré este relato, mi último relato, cuento y recuento a la vez, sin Xana. A solas con el balance desolador de su ausencia, como quien cierra sus últimas voluntades y comprueba el vacío que va a dejar en herencia. Nada tengo ya, conté lo que sabía. No para ustedes, al cabo, desconocidos y anónimos lectores que lo desecharán como a cualquier otra ficción. Escribí por mí, como una tentativa más de penetrar en la oscuridad, de vislumbrar la luz al final de este túnel de soledad en el que me ahogo; si fue tan grande el amor, no es más pequeña su ausencia. Escribí todo lo que fue, en una enésima, efímera e infructuosa tentativa por recuperarla. Ahora cierro la página y callo.

XXIII

La calavera estaba tirada en el camino. *Así era el cuento, tirada en este camino. En este mismo camino. En este camino que ahora es asfalto, en esta carretera, y los mozos iban a pie, de romería a San Andrés de Teixido, y en aquella ocasión el cayado de uno de ellos tropezó con la calavera que estaba tirada en la cuneta. El hombre le dio un puntapié para apartarla y los otros, animados por el ejemplo, se sumaron al juego, llevándola a coces hasta las cercanías de la ermita del Santo. Cuando ya les quedaba poco para dar fin a su peregrinación, uno de los muchachos habla de dejarla; pero otro compañero contesta:* Ya que el camino que queda es poco, llevémosla hasta allá, y aún la podemos convidar a comer con nosotros. *Llegaron a San Andrés, y allí la calavera se volvió por completo cabeza y habló:*

—Muchas gracias, amigos míos, pues con vuestra ayuda he podido llegar hasta aquí para dar fin a la romería que no pude acabar en vida.

Esa era la historia y esa fue la razón, la asociación que hizo el subconsciente por ti, Xana. Las cabezas cortadas, a ambos lados de este océano y a ambos lados de tu tiempo, tu propia ca-

beza oculta en ese instante entre tus brazos, roída por el pánico, como para no ver abatirse el filo del hacha segando tu cuello. Como para no ver.

Porque hay cosas peores que la muerte, pero no dejarás que hagan eso contigo. No, contigo no, por lo menos... Y en ese momento todo se vuelve transparente como una revelación repentina, nítido como la luz del amanecer que inflama este acantilado perdido en el fin del mundo todo, desde la punta Candelaria hasta la punta de Os Aguillóns, azul intenso que ahuyentó las tinieblas de la noche como si fuese la magia de los finales felices que no habrá para ti. Pero habrá final, por lo menos habrá final. Todavía estás a tiempo y tus manos ya no tiemblan.

Abres la puerta del coche, con la expresión serena que nace de la desesperación más honda y se nutre de ella. Caminas de frente hacia el barranco inmenso que se despeña en el mar, allá, más abajo de ti. Te sientas en el borde del cantil, las piernas colgando sobre la nada, el viento golpeándote en la cara como un lamento, el ruido de las olas que te reclaman para sí. Las gaviotas presintiendo, como buitres. Miras al abismo que está a la espera de tu carne y de tu sangre, quinientos metros verticales de rampa vertiginosa, en el límite donde el océano revienta en espumas. Orillamar de luz y muerte, oscura llamada. Tienes miedo, pero más a no ser capaz de hacerlo, después de todo. Tu mano derecha se desliza por el escote como si fuese ajena a ti, cual si tuviese voluntad propia, voluntad de asir el orken maldito y sacar de él el resto de coraje que precisas. Un ruido distinto de los demás, inconfundible, un automóvil que frena, ¿serán ellos? Pero ya todo es igual, estás libre. No miras hacia atrás. El índice perforado por la punta hambrienta del vidrio. El vértigo la *náusea las manos que pierden el precario asidero de la piedra escurridiza el cuerpo que se deja ir con la gravedad que reclama su tributo la sensación casi familiar de caer en el vacío de morir pero ahora es verdad estás cayendo al abismo estás muriendo pero tampoco es tan distinto salvo que esta vez no habrá aterrizaje en una nueva y transitoria identidad no habrá final para esta caída libre vertiginosa excepto la piedra la nada las olas desbocadas como caballos que golpean duros cascos de agua contra ti que ya no eres sino un cuerpo un muñeco un desecho que se pierde mar adentro lejos definitivamente lejos.*

Y la ocupante del coche que llega te verá colgada encima del abismo. Sólo un instante, sólo de espaldas. Como una figuración, como un espejismo, transitoria y fugitiva silueta recortada contra el azul del cielo. Le será suficiente. Sus reflejos, antes que ella, comprenderán lo inestable de tu asidero en el acantilado. Detendrá el coche, correrá. Correrá hasta sentirse agonizar por el esfuerzo, sólo para ver que llegará tarde, que tu cuerpo, Xana, desaparece al otro lado del acantilado, el de la nada, con la misma velocidad de un relámpago. Correrá para llegar jadeante a la orilla del precipicio, al punto exacto donde tú estuviste hace un instante, y no ver ya nada de ti, ni tu cuerpo barrido por la furia del mar. Correrá sin aliento sólo para retroceder aterrada ante la panorámica desquiciada del abismo que marea los ojos y el sentido.

Natalie, pues ella fue el único testigo de tu final, Xana, desandará el camino hasta los vehículos. No menos tambaleante su cordura, ante la horrible serie de hechos de las últimas horas, que su equilibrio a la vista del abismo. No menos inseguros los asideros de su precaria razón que la temblorosa inseguridad de sus pasos inciertos. Devorada por los acontecimientos, por las ideas que se atropellan como insectos aplastándose trágicos contra el cristal, por la identidad de los azares, por la equivalencia de los cuerpos, por la repetición de los destinos. Porque Natalie acaba de percibir que su viaje termina donde empezó. Al lado del mar, el mismo mar. Junto al abismo, el mismo abismo. El abismo del suicidio vertical que esta desconocida perpetró como ella misma se lo imaginó un día. Fin de la vida, fin del mundo. *Finis terrae*. Final del camino, también de la *via turonensis*, el primero y el más septentrional de los caminos franceses, con afluentes que se juntan en Tours, encima del túnel por el que humea desesperadamente la carretera. Pero que no remata en Compostela, falso espejismo, la muerte, la trampa mayor del camino, con ser la más evidente, la casilla cincuenta y ocho, el peligro capital del que debe huir el jugador de Oca, del ansar, del ave, bajo pena de tener que retornar al inicio y comenzar de nuevo. La tumba sagrada es sólo el pretexto de la peregrinación, la base penitencial, la tarea que hay que cumplir hasta que sea lavada por la luz de este amanecer, por la sangre derramada por el cuchillo del sacrificio, última prueba, por la expiación de esta mujer que acaba de morir en tu lugar. Para que tú vivas en el suyo, Ave Fénix que renace de sus cenizas.

El final de la peregrinación no podía ser Compostela, sino el océano. El fin del mundo, el fin de tu mundo, Natalie. El fin es siempre el principio. Porque la vida y la muerte no son términos absolutos. Y tú vivirás su vida, vivirás por ella. Vivirás la vida de Xana. El resto de su vida. Estaba escrito en tu mano, la línea de la vida que se interrumpe y sigue luego cambiada. Lo entiendes, finalmente, cuando miras el interior del Opel Corsa rojo y allí está todo dispuesto, como esperándote. Las tarjetas, el documento de identidad y el pasaporte con las fotografías de la muerta. Incluso guarda contigo un parecido superficial, pero evidente: la misma oscuridad en el color de sus ojos y su cabello, el mismo estilo en el peinado, el contorno de la cara —más redondo que ovalado—, la carnosidad de los labios, la finura de las cejas. Coincidencias que no podrían engañar a un observador atento, pero que serán de sobra suficientes para asentar la credibilidad de los que no desconfíen, que serán casi todos. Bastará con huir de las tierras del Deza, las originarias de Xana, y de las de Compostela, su residencia. Su edad y tu edad son semejantes. La talla y las medidas no muy diferentes, a juzgar por la ropa y el calzado contenidos en el corto equipaje que está dentro del automóvil. Incluso la firma suya en la tarjetas de crédito te parece extrañamente familiar, las *a* de la letra de Xana y de tu propia rúbrica, comparadas, serían escasamente discriminables, a menos que fueran examinadas por un grafólogo experto. Todo está singularmente dispuesto para acogerte. Tú, sin equipaje, sin documentación, sin identidad, vacía. Las cosas de Xana esperándote. El auto con las llaves en el contacto. Sus formas son aún perceptibles en la tapicería, marcadas tras horas de conducción. Te acomodas en el asiento, coinciden con las tuyas. Como un molde hecho a tu exacta medida.

Tu destino encajará con el suyo, como encaja tu cuerpo con sus huellas. Como sospechabas, la situación de los pedales y la elevación del volante también coinciden. Te despojas de tu ropa, teñida con la sangre del muerto, la arrojas en el taxi. Te pones la ropa de Xana que ahora es la tuya, enciendes su coche que ahora es el tuyo. No volverás atrás. Enfilas el pueblo de Cedeira, sin saber muy bien quién eres aún, excepto tu nombre –Xana Gómez Reboredo–, tu profesión –azafata–, tu edad –dos años más joven, casi la edad anterior a tu cáncer, otra paradoja–, el estado de tus cuentas bancarias –desorbitadamente altos los saldos para tu aparente ocupación–, tu soledad intensa, definitiva–. El detalle supremo, revelador, que fundió vuestras identidades hasta hacerlas una. Porque presientes, o más bien sientes con certeza, que en asunto de soledades, Xana y la difunta Natalie eran almas gemelas.

En la confluencia final de sus identidades en un pacto jamás formulado e indisoluble, ella asumió tu muerte y tú su huida. Y también gozarás del amor que el destino le reserva como fruta en sazón, flor madura que se abrirá, efímera y deslumbrante como la orquídea, en las manos y en los ojos de Darío. Sabroso manjar de cuerpos y deseos que brotará en sus labios, arderá con fuego nuevo, fuego compartido caldeando la oscuridad fría de la que has surgido, y perdurará para siempre en su recuerdo, hasta subsistir sólo en él. Corta y lastimosa es la vida de los mortales nacidos de mujer, pero aún es capaz el amor de redimirnos de tanta miseria. *Vielleicht.*

ÍNDICE

I, *13*

II, *25*

III, *39*

IV, *51*

V, *65*

VI, *71*

VII, *77*

VIII, *85*

IX, *99*

X, *111*

XI, *121*

XII, *135*

XIII, *151*

XIV, *157*

XV, *171*

XVI, *187*

XVII, *193*

XVIII, *201*

XIX, *215*

XX, *221*

XXI, *229*

XXII, *237*

XXIII, *245*

TIEMPOS DE FUGA

de Ramón Caride
se terminó de
imprimir
y encuadernar
en octubre de 2008,
en los talleres
de Litográfica Ingramex,
Centeno 162,
Colonia Granjas Esmeralda,
Delegación Iztapalapa,
México, DF.

Para su composición tipográfica se emplearon las familias Bell Centennial y Steelfish de 12:15, 37:37 y 30:30. El diseño es de Alejandro Magallanes. La impresión de los interiores se realizó sobre papel Snow Cream de 60 gramos.

Este libro pertenece a la colección Mar Abierto
de Editorial Almadía,
donde se da cabida a los viajes
más ambiciosos y logrados
de la narrativa contemporánea,
aquéllos que descubran islas inexploradas
o transmitan la experiencia de la inmensidad oceánica,
que hace posible la navegación.